JEFE POSESIVO

LOS HERMANOS BRATVA
LIBRO 3

WILLOW FOX

VI

Traducido Isabel G.

Portada de Slow Burn Publishing.

Diseño de portada por Get Covers

CAPÍTULO UNO

LUCY

El sol comienza a ponerse en el horizonte. El aire está quieto, sin la más mínima brisa. Las hojas no susurran entre los árboles, lo que hace que esta empresa sea aún más complicada. Tengo que mantener el silencio mientras escalo la valla metálica.

Es difícil ver con los setos perfectamente recortados y alineados a lo largo del interior de la valla. ¿Para qué molestarse en poner vallas para privacidad cuando hay puertas de hierro forjado y guardias en la entrada?

Parezco un pato intentando trepar y, justo cuando alcanzo la parte superior, teniendo cuidado de no ser empalada por el afilado diseño decorativo, tropiezo y caigo de bruces sobre la hierba.

La propiedad es inmensa para estar en Nueva York, aunque no es como las de Manhattan. La casa ocupa una manzana entera y la mansión queda demasiado lejos. Tengo que esperar que oscurezca. Debería haber esperado para escalar la valla, pero soy una persona impaciente. Quiero terminar con esto cuanto antes, y con suerte, los guardias estarán ocupados cenando, y podré colarme, coger lo que vine a buscar y salir.

Hay un jardín cercano que se extiende desde el lado este de la mansión hasta la parte trasera de la propiedad. Es hermoso y está bien cuidado, con tulipanes amarillos y rosas recién plantados, y el mantillo fresco y de un rojo intenso bajo el vibrante sol poniente.

Inhalo bruscamente cuando veo a Nikita acercándose hacia donde estoy escondida. Me agacho y me oculto detrás de un viejo roble, o eso creo. Es alto, con un tronco grueso, y solo tiene una función: protegerme de ser vista.

Nikita lleva un traje negro oscuro, el mismo que llevaba ayer cuando me tropecé con él en el club, algo que no fue casual. Se quita las gafas de sol y mira alrededor.

¿Hay cámaras? ¿Sabe que estoy aquí? Esto de allanar una propiedad no es mi estilo. Aunque por ahora solo he entrado sin permiso, estoy segura de que él simplemente me echaría a la calle.

Sus pasos son los únicos sonidos que escucho mientras contengo la respiración. Hay otro seto, un conjunto de arbustos a mi derecha, a unos seis metros. Si pudiera llegar hasta ellos, tal vez podría escabullirme sin ser vista.

Nikita pasa justo por mi lado. Me da la espalda, se dirige hacia los setos y se agacha. No me muevo. Quizás pueda confundirme con el árbol, porque si me muevo lo más mínimo, me notará. Atraeré su mirada y su atención.

¿Qué está haciendo, escondiéndose? Saca su móvil y prácticamente contengo la respiración. Una ligera brisa acaricia mi piel, y exhalo con el viento, temiendo que Nikita me oiga y mire en mi dirección. Su atención está en su móvil por el momento, hasta que levanta el teléfono, claramente tomando una foto o un vídeo de algo, pero no sé qué es lo que ve que yo no veo.

El sol está apenas por encima del horizonte. Un resplandor anaranjado se proyecta sobre el patio trasero y el jardín. En la distancia, hay un cenador de madera, y las luces blancas decorativas se encienden, parpadeando y creando ambiente.

¿Estará Nikita espiando a alguien? Mi visión es bastante buena, pero no veo a nadie más afuera, excepto al musculoso empresario de pelo oscuro agachado junto a los arbustos. Parece algo fuera de lugar, pero estoy segura de que él pensaría lo mismo de mí.

—Ven aquí. —La voz de un hombre se extiende desde fuera.

—¿Qué es todo esto, Luka? —pregunta Hannah.

La reconozco de la cafetería donde trabajo. Es una clienta habitual, viene casi todas las mañanas, vestida con uniforme sanitario, y trabaja para Steele Concierge Medical. La chica siempre pide un café con caramelo y leche de almendras.

¿Hannah vive aquí? ¿Cómo conoce a Nikita? Mi cabeza da vueltas, tratando de desenredar las complicadas conexiones, pero no importa porque hay una abeja que se posa en mi brazo, y tengo pánico a las abejas.

Y soy alérgica.

CAPÍTULO DOS

NIKITA

Me agacho tras los arbustos, esperando a que Luka haga su gran movimiento. Va a pedirle matrimonio a Hannah y me pidió que grabara el momento en vídeo.

Madisyn prometió ayudar distrayendo a Bay, la hija de ambos, mientras él hacía la pregunta.

Escucho un fuerte jadeo y capto un movimiento por el rabillo del ojo.

—¿Qué demonios haces aquí? —exclamo.

Me tropecé con ella anoche en el club, literalmente. Le derramé mi bebida encima. Intercambiamos algunas palabras y pasamos un par de horas juntos. Pero no esperaba encontrármela de nuevo en la propiedad de Mikhail. Lucy no es una de nosotros, no es miembro de la bratva, y no está invitada a la propuesta.

Sus rodillas se desploman en el suelo mientras lucha por respirar. Dejo caer mi móvil y me apresuro a cruzar el césped.

—¡Hannah! ¡Luka! —grito, intentando captar su atención y su ayuda.

Hannah es enfermera. Ella sabrá qué le pasa a Lucy. Sus ojos se ponen en blanco. Está inconsciente.

Luka refunfuña, sin disimular lo más mínimo su descontento por mi interrupción.Se apresuran a cruzar el césped, Hannah apresurándose a mi insistencia.

—¿Qué está pasando? —pregunta, agachándose y viendo a Lucy en la hierba.

Hannah comprueba sus constantes vitales. La examina brevemente y le da órdenes a Luka:

—Tráeme un EpiPen.

Luka se apresura a entrar en el complejo para buscar la medicación necesaria. La fortaleza de Mikhail tiene todo lo necesario para sobrevivir, incluido equipamiento médico y medicinas. Ayuda el hecho de que tenemos dos enfermeras en el lugar. Aunque seguimos utilizando el servicio de conserjería para traumas e intervenciones quirúrgicas, podemos suturar una herida menor o manejar una reacción alérgica en el complejo.

—No sabía que tenías novia. A las chicas no suele gustarles esconder su relación, a menos que ese sea vuestro fetiche —bromea Hannah—. Pero en serio, ¿los arbustos?

—Ella no es mi... nada —gruño y me siento aliviado cuando Luka regresa con el EpiPen, saca el inyector de la caja y le entrega el dispositivo a Hannah.

Ella quita el tapón de seguridad azul y clava firmemente la punta naranja en el muslo de Lucy antes de volver a comprobar sus constantes vitales. Hannah comprueba el pulso de Lucy repetidamente.

—¿No se supone que debería despertar? —miro a Lucy mientras permanece inconsciente.

—Podemos administrar otra inyección en cinco minutos si no hay respuesta —dice Hannah.

Deslizo mis brazos bajo las piernas y la espalda de Lucy, levantándola en mis brazos mientras la llevo por el césped hacia el complejo. Luka abre las puertas francesas y cruzamos el vestíbulo y la cocina.

—¿La conoces? —pregunta Luka. Va pegado a mis talones, siguiéndome mientras llevo a Lucy y subo las escaleras hacia un dormitorio desocupado. No es sorprendente que esté siendo protector con Mikhail, el pakhan.

—Me topé con ella anoche —digo.

—¿Dónde?

¿Esto es un interrogatorio? Miro en su dirección. ¿Adónde quiere llegar con esta línea de preguntas?

—En el club con Anton.

Es la verdad. No invité a Lucy a unirse a nosotros. Ni siquiera le dije dónde vivía. Pero debe haberlo averiguado, ya que está aquí. Mi estómago es como una bola de plomo. Se hunde hasta el fondo del océano, pesado y nauseabundo.

—¿Y apareció por casualidad? —pregunta Luka, escéptico.

Llevo a Lucy a un dormitorio vacío y la deposito suavemente sobre el colchón. Hannah viene unos pasos por detrás, subiendo apresuradamente la escalera.

—No creo en las casualidades —digo. Luka debe sentir lo mismo—. La vigilaré de cerca. No se va a escapar de mi vista. Alguien tiene que hacer guardia; bien puedo ser yo.

—Regístrala. Asegúrate de que no lleva ningún arma ni nada encima —ordena Luka.

—Está inconsciente —digo—. No creo que sea capaz de tomar a ninguno de nosotros como rehén, al menos no en su estado actual.

—Luka tiene razón —dice Hannah y cruza los brazos sobre el pecho. Está de pie junto a la puerta abierta del dormitorio—. ¿Qué clase de persona salta la valla de una casa altamente vigilada?

—La clase de persona que es estúpida —murmuro. ¿Qué demonios se propone?

—La reconozco —dice Hannah.

—¿De dónde? —pregunto, mirando a Hannah brevemente antes de volver mi atención a Lucy.

¿Va a despertar pronto? ¿Deberíamos preocuparnos? ¿Cuánto tiempo ha pasado desde la última inyección de epinefrina?

—Es camarera en la cafetería que frecuento. No la conozco, pero la he visto —dice Hannah. Se adentra más en la habitación y toma las constantes vitales de Lucy mientras mira su reloj y comprueba su pulso.

—¿Por qué estaba merodeando dentro del jardín? —pregunto, sin esperar que Hannah tenga una respuesta.

—Quería arruinar mi propuesta —murmura Luka sin ocultar en absoluto su disgusto—. Debería haberla dejado morir.

Hannah le golpea el brazo a Luka.

—No seas idiota. ¿De verdad ibas a pedirme matrimonio? —Sus ojos azules se agrandan mientras mira a Luka Ivanov.

La chica está colada. Probablemente sea porque tienen un hijo juntos y otro bebé en camino. Se supone que no debo saberlo, pero nada se mantiene en secreto en el complejo.

—Iba a hacerlo —dice Luka—. Pero ahora tendré que idear un plan completamente nuevo porque nuestra pequeña intrusa lo arruinó.

—Su nombre es Lucy —dice Hannah—. Y estoy segura de que si volvemos al jardín, podemos aprovechar al máximo la noche.

Luka está más gruñón que yo, y eso ya es decir mucho. Se acerca por detrás, rodeándole la cintura con los brazos, sus labios contra su cuello.

—Debería ser perfecto cuando te lo proponga, y esta noche ha sido cualquier cosa menos perfecta.

La decepción está escrita por toda su cara, pero fuerza una sonrisa, fingiendo que no le importa. He visto esa mirada docenas de veces en mujeres cuando les digo que no estoy interesado en una relación. Por lo general, soy yo quien causa su descontento, no Luka. Al menos últimamente. Estoy seguro de que se lo propondrá. Está locamente enamorado de Hannah y de su hija, Bay. Aunque no sea esta noche, sin duda ocurrirá, y seguro que me pedirá que grabe todo el evento. Nunca lo tomé por un romántico. Hannah lo ha cambiado más de lo que incluso él quiere admitir. Pero yo no soy como Luka. No existe chica en este mundo capaz de atarme.

Lucy refunfuña, y sus dedos rozan el edredón de algodón mientras comienza a recuperar la consciencia.

—Vamos —dice Luka mientras toma la mano de Hannah y la conduce fuera de la habitación. No quiere que Hannah presencie el interrogatorio.

La puerta del dormitorio se cierra tras ellos, dejándonos a Lucy y a mí a solas. Sus ojos se abren perezosamente, y su respiración se intensifica.

—¿Te importaría explicarte? —pregunto.

Empiezo despacio, cauteloso. No voy a darle ninguna información sobre nuestra organización o aquello en lo que se ha metido. Pero eso no significa que ella no sepa quiénes somos y esté trabajando para el enemigo. Que podría ser cualquiera. El FBI, el cártel colombiano o la mafia italiana.

Se muerde los labios y cierra los ojos de nuevo.

—Volver a dormir no hará que todo esto desaparezca.

Su lengua asoma entre sus labios color cereza, y sus párpados se abren con un aleteo.

—Agua.

Mis manos se cierran en puños a mis costados, pero accedo. Hay un baño conectado al dormitorio, y cojo un vaso de papel del lavabo y lo lleno de agua.

—¿Puedes incorporarte? —pregunto, llevando el vaso, medio lleno de agua, hasta la cama.

Me preocupa menos el desorden y más que no se atragante. Hace una mueca mientras se sienta, y sus ojos se cierran momentáneamente. Basándome en su expresión amarga y su esfuerzo, sospecho que tiene dolor de cabeza o quizás migraña. No me molesto en preguntar si está bien. Está viva, gracias a mí. Aunque técnicamente Luka le trajo el EpiPen, y Hannah se lo administró, yo me aseguré de llamarlos para pedir ayuda. Se me debe cierto mérito por mantenerla viva.

Sus dedos agarran el edredón mientras se incorpora y finalmente abre los ojos de nuevo, enfocando la mirada en la pared. Su mirada pasa justo por delante de mí mientras parece perdida en sus pensamientos o quizás todavía bastante aturdida. Le entrego el vaso de agua, y sus manos tiemblan mientras se lo lleva a los labios, dando un sorbo.

—¿Qué estabas haciendo? —pregunto, irguiéndome sobre ella, esperando una explicación. Sospecho que nada de lo que diga se acercará a la verdad.

—Tomar un sorbo de agua.

—¿Te parece gracioso? Debería llamar a la policía y hacer que te arresten por allanamiento —amenazo. La verdad es que nosotros no tratamos con la policía. Manejamos los asuntos internamente, pero ella no sabe que somos villanos y que se ha metido en nuestra empresa criminal.

—Por favor, no hagas eso —susurra. Su voz se entrecorta, y hay un ligero temblor en su tono. Le tiembla el labio inferior. Está asustada.

Debería temerme.

—¿Y por qué no debería hacerlo? Ha sido un allanamiento.

Lucy aprieta los labios. Al menos ese fue el nombre que me dio anoche cuando la conocí en el club. Pero ahora sospecho que no fue solo una coincidencia tropezarme con ella. Quería que la viera.

Sus párpados están pesados. Hay círculos oscuros bajo sus brillantes ojos verdes. Le cuesta mantenerse despierta, y sospecho que tiene más que ver con la adrenalina y la reacción alérgica a la picadura que con cualquier otra cosa. Lucy abre la boca, y la interrumpo antes de que pueda hablar.

—No me mientas. —Es una advertencia. Quiero la verdad, sea cual sea.

Cierra los labios, y sus párpados caen, como si pudiera quedarse dormida sentada. Le quito el vaso de agua y la coloco en la mesita de noche cercana.

—Descansa.

Me sirve de poco si está aturdida. Podría conseguir que revelara algunos secretos, pero sus palabras serían sin duda confusas, y apenas avanzaría. Lucy no va a ir a ninguna parte.

—Duerme. Volveré en breve.

Me retiro del dormitorio, apago las luces y cierro la puerta. Me quedo de pie en el pasillo, vigilando la habitación que ocupa. Hay demasiada gente en el complejo para dejarla deambular libremente, especialmente con Bay recorriendo los pasillos y Kira empezando a gatear.

Mikhail sube por la escalera.

—He oído que tenemos una intrusa, ¿has decidido dejarla ocupar una de mis habitaciones? —Hay desdén en su voz, y su labio superior se contrae en una mueca de desprecio, descontento con la noticia que le han traído, probablemente Luka. Aunque cualquiera de los hombres de Mikhail podría haber escuchado y presenciado lo ocurrido.

—Tengo la intención de interrogarla por completo, señor. —No quiero que Mikhail piense que me he vuelto débil. La chica no es una distracción. Es una prisionera.

—¿Y cuándo será eso? ¿Después de haberle ofrecido una cena y una copa?

Me trago la molestia y contengo la lengua. Discutir con el pakhan no me hará ningún favor. Sería prudente desviar esta conversación.

—Señor, llegaré al fondo de este asunto y averiguaré qué estaba haciendo saltando la valla.

Su ceño se tensa.

—¿Cómo demonios *consiguió* entrar en la propiedad? Tengo hombres armados vigilando el complejo. ¿Y una pequeña mocosa logra colarse sin ser vista?

Las manos de Mikhail se cierran en puños y sus fosas nasales se dilatan. Está esperando una respuesta, y no tengo ninguna que darle. Quizás fue porque estábamos distraídos por la propuesta y el compromiso subsiguiente. Pero ¿cómo habría sabido Lucy sobre los planes de Luka? Es poco probable que ellos dos hubieran cruzado siquiera una mirada antes de hoy. No hubo ni un atisbo de reconocimiento en ninguno de sus rostros.

Lucy me reconoció a mí.

Y eso había sido culpa mía. Le compré una copa después de chocar con ella en el club, derramando el contenido de su *cosmopolitan* por todo su vestido. Era lo mínimo que podía hacer. Aunque, pensándolo bien, quizás no fue totalmente casualidad.

¿Me habían tendido una trampa?

—Averiguaré cómo entró en la propiedad, señor. Solo deme tiempo.

Mikhail no es el hombre más paciente, y esperar que permanezca tranquilo mientras hay una prisionera dentro de su casa es poco probable. Pero no dejaré que les ocurra nada a su familia o a las mujeres y niños que viven bajo su techo.

Él no responde. En lugar de eso, continúa por el pasillo y desaparece de mi vista mientras se adentra en el corredor. Suspiro aliviado. Sé que es mejor no enojar a Mikhail. Traer a Lucy bajo su techo fue un riesgo. ¿Pero qué se suponía que debo hacer? ¿Debería haberla dejado fuera, llamado a una ambulancia y dejar que se la llevaran? Entonces nunca sabría cómo había llegado allí y qué pretendía. Al menos, así lo averiguaré.

Hay un ligero movimiento al otro lado de la puerta. Lucy debería estar dormida. Giro el picaporte para comprobar cómo está, y una ráfaga de viento frío atraviesa la habitación. La ventana que da al patio trasero está completamente abierta, y Lucy está posada en el alféizar, intentando escapar.

CAPÍTULO TRES

LUCY

—¿Qué demonios estás haciendo? —La voz de Nikita me sobresalta y casi me caigo por el borde de la ventana abierta. Tengo una pierna fuera y otra aún dentro del dormitorio de la mansión.

Necesito salir antes de que sea demasiado tarde. Mis manos agarran las sábanas que he atado formando una larga cuerda improvisada que estoy intentando usar para bajar. Están aseguradas al poste del cabecero.

Nikita irrumpe en el dormitorio, y yo paso la pierna por encima del alféizar de la ventana. No pienso quedarme para descubrir lo que va a pasar. Tiro de las sábanas y las agarro con fuerza mientras me quedo colgando por el borde de la ventana sin nada más que me sostenga.

—Lucy, vuelve aquí ahora mismo.

Nikita se asoma por la ventana y me agarra del brazo.

—¡Suéltame! —chillo.

Mi alboroto solo provoca más conmoción. Un foco brillante se mueve sobre la mansión hasta que ilumina mi huida. Adiós a mi plan de ser sigilosa y escabullirme sin ser notada. Miro por encima del hombro y veo a dos guardias armados que se apresuran hacia mí.

Mierda.

Miro hacia arriba a Nikita; su agarre es firme en mi brazo mientras cuelgo de las sábanas anudadas. Me levanta por encima del alféizar, arrastrándome de nuevo al interior.

—¿Crees que esa es la mejor manera de salir de aquí? —me reprende Nikita.

—No quiero ir a la cárcel —digo. Si hablaba en serio sobre llamar a la policía por allanamiento, quiero largarme.

—*Malish*, hay lugares mucho peores que una celda —dice Nikita.

—Me llamo Lucy —reitero y paso junto a él después de que me ayude a ponerme en pie sobre suelo firme.

Me apresuro hacia la puerta. Quizás todavía pueda salir de aquí e ir a casa a cenar, sin acabar esposada. Soy rápida, pero Nikita lo es más. Me encierra en el dormitorio, llegando a la puerta antes que yo, con la espalda apoyada contra la madera. Nikita es enorme comparado con mi pequeña complexión. Se eleva sobre mí, con los brazos cruzados sobre el pecho.

—¿Y adónde crees que vas? —pregunta, mirándome desde arriba.

Su aspereza me provoca un escalofrío por la columna. No me atrevo a admitir que hay una atracción. Me había puesto intencionadamente en su camino, obligándole a tropezar conmigo en el club. Normalmente no soy tan atrevida, pero ¿qué otra opción tenía?

—A casa. —Soy directa y no muestro el menor arrepentimiento—. ¿Te importa? —Hago un gesto para que se mueva, pero no se aparta de su posición. Sus pies parecen prácticamente fundidos con el suelo.

Resopla entre dientes pero no se aparta.

—Si te dejo salir por esa puerta, al menos dos hombres te detendrán.

—¿Van a llamar a la policía? —Mi estómago se revuelve ante la idea de ser arrestada. Nunca he estado en la parte trasera de un coche patrulla ni en prisión. Lo que no quiere decir que no haya causado problemas y me haya metido en líos, como ahora.

Los problemas parecen encontrarme. Preferiría que no fuera así. No me gusta tener que estar constantemente mirando por encima del hombro. Pero estoy segura de que este gigante que me mira fijamente, fulminándome con la mirada, no sabe nada sobre el sacrificio.

—Depende de lo que me cuentes —dice Nikita.

Extiende la mano y apoya sus fuertes y cálidas manos en mis brazos, haciéndome retroceder varios pasos hasta que la parte posterior de mis piernas golpea el colchón.

—Siéntate —ordena.

Caigo con gracia sobre la cama como un fardo, y mis hombros se hunden.

—Lo siento —digo, mirando hacia mis manos en mi regazo, jugueteando con los dedos.

—¿Por qué? ¿Por saltar la valla o por intentar escaparte? —La lengua de Nikita es afilada.

Me estremezco ante sus palabras mientras se alza sobre mí, su sombra cerniéndose junto con su presencia. ¿Llegaría a la puerta si intento escabullirme a su lado?

Lo dudo.

—Me robaste las llaves. Por eso chocamos en el club —dice Nikita, dándose cuenta de que hay más en esta historia de lo que he dejado entrever.

No es que le haya contado nada. No soy lo bastante estúpida como para revelarle quién me contrató. No fue idea mía robar en su casa. Sea quien sea, es rico y tiene un alto nivel de seguridad en las instalaciones. Deberían haberme pillado antes.

No contesto, y él inclina la cabeza, negando con desaprobación. Se acerca a mi espacio personal, y yo aspiro bruscamente, nerviosa. Podría dominarme fácilmente. Levanto los brazos, obligándole a retroceder, queriendo espacio. No sé qué pretende, pero estar atrapada en una habitación con él no formaba parte del plan.

—¡Aléjate de mí!

—Ni siquiera te he tocado —susurra.

Mi corazón se agita y mi respiración se acelera. Su proximidad es muy excitante y, aunque debería tener miedo, mi cuerpo responde en consecuencia. Anoche, con él, el ambiente estaba cargado. La electricidad ardía entre nosotros, pero no dejé que me tocara.

Estaba sentada en un taburete; tenía órdenes de vigilar a Nikita Krylova. Me habían mostrado su foto y solo esperaba que fuese reciente, porque era para recordar. Mientras bebía a sorbos un refresco de jengibre, mantenía un ojo en la puerta.

Pasé una hora en el bar y miré mi reloj. El lugar se estaba llenando y me habían indicado que esperase a Nikita. Era uno de los gerentes del establecimiento.

Aparecería. Al menos, eso es lo que me habían dicho, aunque por un momento creí que tenía mejores cosas que hacer esa noche. Mordisqueé algunos cacahuetes del cóctel y mi estómago se revolvió con una mezcla de ansiedad y hambre.

Me habría gustado comer algo antes, pero estar allí no era exactamente mi elección, a menos que mi elección fuese vivir. Estaba metida en un montón de problemas y estaba a punto de arrastrar a Nikita a mi caos. Lo siento.

Entró pavoneándose por la puerta trasera. La principal era demasiado buena para él. El hombre resplandeció y, aunque no tenía que esbozar ni siquiera una pizca de sonrisa, ya había captado las miradas de varias mujeres.

Dos hombres le acompañaban, los tres vistiendo trajes impresionantes. Eran atractivos. Peligrosos. Y tenía que robarle las llaves que llevaban encima. No iba a ser un trabajo fácil. O chocaba contra él y le quitaba las llaves, o me iba a casa con él y se las robaba después de una noche en la cama.

Preferí la primera opción. Era un desconocido, y si mantenía algún tipo de compañía como los hombres para los que me veía obligada a trabajar, no quería tener nada que ver con él nunca más.

Llevé mi *cosmopolitan* a través del club y me detuve, dándole la espalda. Se cernió sobre mí, y me apretó entre la multitud de gente bailando y charlando. Había suficiente bullicio para que pareciera discreta estando sola.

La música retumbaba por encima, y juraría que sonaba como una banda en directo por la intensidad del ritmo y el suelo vibrando con cada pulso.

Estaba prácticamente bajo el pie de Nikita, así que cuando se giró para abrirse paso por el club, se vio obligado a chocar conmigo. Me aseguré de derramar mi copa por todas partes y empapar su camisa.

—¡Mierda! Lo siento —se disculpó antes incluso de posar sus ojos en mí o ver el daño. Refunfuñó y se limpió la camisa.

La mayor parte de la bebida cayó sobre mi vestido blanco, y cuando se dio cuenta de que no llevaba sujetador, se mordió el labio inferior, mirando mis pechos durante mucho más tiempo del que debería.

—Toma. —Se quitó la chaqueta y me la puso sobre

los hombros. Su abrigo costaba más que todo mi armario.

—No es necesario —dije hasta que miro hacia abajo y fingí sorprenderme al darme cuenta de que podía ver a través del vestido.

—¿Qué te parece si te ayudo con esto? —preguntó y me escoltó entre la multitud hasta una escalera trasera. Un cartel metálico colgaba en el frente con la frase «Prohibida la entrada».

—¿Estás seguro de que deberíamos estar aquí arriba? —pregunté mientras desabrochaba la cadena metálica y me dejaba pasar.

—Mi oficina está justo arriba —dijo.

Le seguí escaleras arriba, y me condujo hasta su oficina. Sacó las llaves de su bolsillo y abrió la puerta, permitiéndome entrar.

Encendió la luz y unos espejos unidireccionales me ofrecieron una amplia vista de la pista de baile y los invitados de abajo.

—¿Eres el dueño del local? —pregunté. No me habían dado mucha información sobre Nikita, solo lo necesario para hacer el trabajo.

—Dirijo el club, pero no soy el propietario. —No dio más detalles y, en cambio, cruzó la habitación hacia un conjunto de puertas dobles. Abrió la puerta revelando un armario, sacó una camisa blanca impecable y me la entregó.

—Esta no es mi talla —dije. ¿Acaso pensaba que llevaría su camisa y nada más en el club?

—Creo que no. —Se rio por lo bajo y me puso la camisa blanca sobre las manos—. Póntela. Puedo hacer que limpien y laven tu ropa antes de que te vayas a casa.

—¿Dónde? —Miré alrededor de la habitación. No había señales de una lavandería y no parecía que alguien pudiera estar viviendo en la oficina. Aunque había un sofá contra la pared cerca de la puerta, no parecía haber ninguna otra comodidad para vivir.

—Hay una lavandería a dos puertas de aquí. Enviaré a uno de mis colegas para que se ocupe del vestido.

Exhalé un pequeño suspiro.

—No es necesario.

—Pero lo es. Soy Nikita —se presentó, queriendo saber mi nombre.

—Lucy —dije y me sonrojé. No me molesté en darle la mano, ya que estaba agarrando su camisa blanca con el puño cerrado.

No debería haberle dicho mi nombre real. Hubiera sido mejor fingir ser alguien que no era, pero recordar una mentira era mil veces más difícil que decir la verdad. Y por eso le dije exactamente quién soy, porque no importaba. No sabría que yo era quien le robaba las llaves. Al final de esa noche, ni siquiera sospecharía que podría haber hecho algo para traicionarle.

—¿Tienes algún sitio donde pueda cambiarme? —pregunté.

Abrió una puerta cerca del armario y encendió la luz.

—Hay un baño por aquí.

Me deslicé junto a él hacia el baño y cerré la puerta. Estaba loca si me quitaba el vestido para ponerme solo una camisa abotonada. ¿Qué hubiera pasado si no me hubiese devuelto mi vestido blanco? Decidí confiar en él. Y al menos la camisa era tan larga como mi vestido.

Cerré la puerta tras de mí, la bloqueo y me contemplé en el espejo. ¿Qué demonios estaba haciendo?

Me quité el vestido, dejé que cayese al suelo con un golpe sordo y metí los brazos en la camisa, abotonando los brillantes botones uno a uno. Cuando terminé y estuve satisfecha con mi aspecto, abrí la puerta del baño y me agaché para recoger el vestido manchado y húmedo.

—¿Seguro que no es una molestia? —pregunté, sosteniendo el vestido en una mano y mi bolso de mano en la otra.

—¿Lavarte el vestido? No es ninguna molestia. Espera aquí —dijo y salió de la oficina. Cuando la puerta se abrió, una explosión de música retumbó en la oficina.

Casi había olvidado lo fuerte que sonaba la música abajo. No pude ver la escalera, pero observé a través del cristal unidireccional hacia la multitud. Nikita se movió entre los clientes y le susurró algo a otro hombre trajeado, presumiblemente su colega.

Él no formaba parte de este acuerdo. No sabía su nombre ni nada sobre él. Tomó mi vestido y después fue difícil ver adónde iba con los destellos de luz y mi atención puesta en Nikita.

Nikita no regresó de inmediato. No estaba segura de por qué, pero me sentía decepcionada. Estar sola en su oficina tenía sus ventajas, pero dudaba que hubiera otro juego de llaves. Y lo que buscaba no estaba en su oficina, sino en su casa.

Se colocó detrás de la barra y preparó unas bebidas. ¿Estaba ayudando al camarero porque era una noche concurrida?

Un minuto después, llevó las dos bebidas a través de la multitud. Nikita se dirigió hacia la escalera y yo me di la vuelta, cruzando los brazos frente a mí como si no hubiera estado observando el intercambio.

—Lo tendrá listo en breve —dijo Nikita mientras entraba en la oficina—. Mientras tanto, ¿qué te parece una copa? Para compensar la noche.

Me entregó un *cosmopolitan*. Forcé una sonrisa.

—Gracias —dije.

No tenía ni idea de que mi noche consistía en

intentar acercarme a él para conseguir ese juego de llaves.

—¿Estabas aquí con amigos? ¿O con un novio? ¿Debería avisarles de dónde estás? —preguntó Nikita.

Su pregunta me provocó un escalofrío en la espalda, pero no estaba segura de por qué.

—Cita a ciegas —dije encogiéndome de hombros—. No apareció.

—Él se lo pierde.

Forcé una sonrisa y señalé hacia el sofá.

—¿Te importa? —Tanto como para sentarme y ponerme cómoda. Si había tenido la suerte de ganarme la atención de Nikita por un rato, bien podía aprovecharlo al máximo.

—En absoluto. —Forzó una sonrisa y asintió para que me sentase.

Me desplomé en el sofá y me sentí aliviada por lo mullido y acogedor que era comparado con el de mi apartamento.

—Podría dormir aquí —murmuré, echando la cabeza hacia atrás al darme cuenta de que es más cómodo que mi colchón.

Nikita arrastró su silla de oficina de cuero detrás de su escritorio y se sentó frente a mí, dándome bastante espacio. No estaba intentando ligar conmigo. ¿Debería haberme sentido ofendida porque no parecía interesado? No es que le estuviese dando señales de que lo quería. Pero era agradable que te prestasen atención.

—No te había visto por aquí antes —dijo Nikita.

—Primera vez. Fue sugerencia de mi cita venir aquí.

—Pues él se lo pierde por no haber aparecido. —Sonrió con picardía y su mirada me recorrió.

Me sentí completamente desnuda bajo su mirada. Moviéndome en el sofá, con cuidado de evitar que viera mis bragas, intenté mostrarme presentable y cómoda.

—No tienes que vigilarme. Puedes volver y mezclarte con la gente. —No tenía ni idea de a qué se dedicaba, pero no quería apartarle de su trabajo. De todos modos, lo vería más tarde y podría coger sus llaves cuando me trajesen mi vestido.

Se rio por lo bajo.

—Malish, mi trabajo está aquí arriba contigo.

No supe qué quiso decir.

—¿Te estoy impidiendo trabajar? Lo siento —me apresuré a disculparme. Aunque no era como si estuviera ocupando su escritorio.

—No te disculpes por algo que no es tu culpa. —Fue firme, y su mirada se mantuvo fija en mí, inquebrantable—. ¿Cómo es que una chica tan guapa como tú no tiene novio?

La pequeña oficina era calurosa, y mis mejillas ardían ante su franqueza. Era audaz. No debería haberme sorprendido, considerando la razón por la que estaba allí.

—Prefiero no enredarme románticamente con un hombre.

—¿Una mujer? —Esbozó una sonrisa irónica.

¿Por qué no me sorprendía su pregunta? Probablemente estaba fantaseando con dos mujeres adultas juntas. Su sonrisa burlona dijo más que sus palabras.

—No, prefiero a los hombres.

Se acercó más, la silla de oficina unos centímetros hacia delante.

—Eso es bueno. —Su ardiente mirada recorrió mi cuerpo, examinando cada centímetro de piel visible.

Nikita se removió en su asiento.

—A mí tampoco me gustan los compromisos. Demasiadas promesas rotas. La gente sale herida.

Su lengua asomó y lamió su labio superior.

—Parece que hablas desde la experiencia. —Me acomodé en el sofá y subí las piernas a mi lado, con cuidado de no darle un espectáculo visual. Apenas conocía al hombre. No iba a permitirle un pase gratuito.

—Estabas aquí en una cita a ciegas pero prefieres no enredarte románticamente —me reprendió, recordándome mis palabras—. ¿Cómo funciona eso?

¿Hablaba en serio?

—¿Qué? ¿No se me permite tener citas porque no creo en las ideas anticuadas del matrimonio?

Su boca estaba cerrada, su mandíbula tensa. Continué mi diatriba:

—¿Me estás diciendo que tú nunca sales? Tal vez prefieres simplemente acostarte con todas las chicas del club, esas a las que les derramas las bebidas.

No parecía sentirse insultado por mi comentario. Sus ojos brillaron bajo las luces del techo.

—El *cosmopolitan* no era mi bebida.

¿Creía que puede conquistarme? ¿Vencerme? No soy un juego. Seguirlo hasta su oficina no había sido con al intención de conseguir una habitación donde estar solos. Subir no había sido la mejor decisión, pero había hecho cosas peores.

—Supongo que no lo era —dije, manteniendo su mirada.

Se recostó en su silla de oficina y estiró los brazos, poniendo las manos detrás de la cabeza.

—¿Cómo conociste a tu cita a ciegas?

¿Qué pasaba con tantas preguntas? ¿No creería que podría conseguirme una cita?

—Una amiga nos presentó.

—Menuda amiga —dijo Nikita. No continuó su pensamiento, y no le dejé hacerlo.

—No te estaba pidiendo tu opinión.

Sus ojos brillan, y aunque no había una sonrisa en sus labios, sospeché que está exultante por dentro. ¿Le gustaba hacerme enfadar?

—¿Qué clase de amiga deja que te dejen plantada? No debe ser muy buena amiga. Yo nunca trataría así a ninguno de mis amigos.

—Pues qué bien por ti —murmuré y terminé el cóctel que trajo a su oficina. Lo necesitaba para lidiar con el ogro sentado frente a mí.

En realidad no era un ogro. Claro, era alto y corpulento. Todo músculos. Lo que hubiera dado por verlo desnudo y debajo de mí en el sofá. Una chica puede soñar. Pero si era sincera conmigo misma, no era mi tipo. Era demasiado brusco y directo. No le importaba un comino mi opinión, solo él mismo.

—¿Quieres una cita? Puedo encontrar a uno de mis

colegas para presentártelo —dijo Nikita—. Cuéntame un poco sobre ti.

No podía estar hablar en serio. Mi mandíbula tocó el suelo porque cruzó los brazos sobre el pecho, inclinó la cabeza y esperó mi respuesta.

—No necesito tu ayuda.

—Nunca insinué que la necesitaras. —Ni siquiera apartó la mirada. Mantuvo fijos sus ojos en los míos —. Pero a veces querer y necesitar son dos cosas diferentes. Estoy seguro de que puedes encontrar tu propia cita si bajas al club. Pero me estoy ofreciendo para ayudar.

—¿Eres un servicio de casamentero?

—Se me conoce por tener éxito en eso, pero no, no dirijo ese tipo de negocio. Sin embargo, pareces una chica inteligente que es mona y tiene mucho a su favor. Cualquier hombre que conozco podría estar interesado.

—¡No soy una chica a la que puedas prostituir! Que no me interese el matrimonio no significa que vaya a acostarme con alguien solo porque tiene pene.

—Tu sugerencia implica un pago. No hago esto por dinero. Además, siento que mis colegas no están a la altura del desafío.

—¿Desafío?

¿De qué demonios estaba hablando?

—En cinco minutos los harías pedazos.

—¡Eso no es cierto ni justo! No sabes nada sobre mí.

—Eres impulsiva —dice Nikita—. Me has seguido hasta aquí sin cuestionarlo. Eres borde, audaz y demasiado honesta. Al menos eso es lo que crees que eres y la máscara que muestras. ¿Es real? No he estado contigo el tiempo suficiente para saberlo con certeza. Puedo ver que te han hecho daño antes, o quizás has presenciado cómo alguien cercano a ti salía escaldado, y eso ha formado tu opinión sobre los hombres.

Apreté los labios y miré hacia la puerta. ¿Cuánto tiempo más tenía que aguantar hasta que mi ropa estuviera lista? Debería haberme puesto su camisa encima de mi vestido blanco.

—Te equivocas.

—¿En qué parte? —preguntó Nikita. Ni siquiera parecía decepcionado de que no estuviese de acuerdo con su observación sobre mí.

—En todo. —Me levanté , aunque no estaba segura de adónde iría. Bajar al club llevando solo una camisa no era la mejor opción. Y Nikita no me había hecho sentir ni lo más mínimo incómoda, aparte de su escrutinio mientras intentaba desentrañar quién era.

No tenía ni idea. Y si la hubiera tenido, me hubiera echado a patadas de su club. O algo peor.

Me balanceé por el licor que había consumido. Soy ligera de peso con el alcohol. Rara vez bebo, y la realidad de que estaba achispada y sola con un hombre del que no sabía nada hizo que mi estómago diera un vuelco.

Nikita se levantó y se acercó a mí, sus brazos se alzaron para estabilizarme. Sus manos se apoyaron en mis hombros.

—Siéntate —ordenó.

Caí de nuevo en el sofá, sin el menor atisbo de gracia mientras me balanceaba y la habitación daba vueltas.

—No bebes a menudo. —No era una pregunta sino una observación.

—Tampoco suelo seguir a hombres que acabo de conocer a lugares extraños.

Nikita metió la mano en su bolsillo, dejó caer las llaves sin ceremonias, y luego colocó su teléfono en el escritorio. Arrastrándose hasta el sofá, se sentó a mi lado, pero dejó suficiente espacio entre nosotros para no hacerme sentir lo más mínimo incómoda. Esbozó una sonrisa.

—Eres graciosa.

—Hago lo que puedo —respondí con sarcasmo, intentando no mirar hacia su escritorio donde estaban sus llaves. Necesitaba coger sus llaves de casa. Ni siquiera necesitaba robarlas. Solo hacer una impresión en la pequeña caja de arcilla que llevaba en el bolso. Ni siquiera notaría que había desaparecido.

—¿Me vas a dar tu discurso?

—¿Mi qué? —pregunté.

—Tu discurso de ascensor. Qué te hace tan especial para que los hombres salgan contigo.

No sabía nada sobre Nikita aparte de que dirigía el club de abajo. ¿Qué le hacía pensar que quería que me emparejase con algún conocido?

—Puedo encontrar mis citas, gracias.

—¿En serio? Porque una cita a ciegas implica...

—¡Cállate! —espeté—. No sabes nada de mí.

—¡Exactamente! ¿Y cómo se supone que voy a ayudarte... ¿sabes qué? No importa. No merece la pena el esfuerzo.

¡Bien! Quizás por fin lo dejase pasar. ¿Por qué sentía que era necesario hacer de casamentero conmigo?

—¿Podemos simplemente fingir que esta conversación nunca ha ocurrido? —pregunté.

—Será un placer —dijo Nikita. Se estiró, ocupando más espacio del necesario en el sofá.

¿Cuánto tiempo más tardaba mi vestido?

—No tienes que hacer de niñera conmigo.

—Ya lo has dicho. —Nikita se movió y se colocó frente a mí en el sofá. Sus piernas rozaron las mías. Sus ojos permanecieron fijos en mí.

Ignoré el calor y la calidez de la chispa que se estaba cociendo a fuego lento en el pequeño espacio de la oficina. Era por el hecho de que había bebido licor, y normalmente no bebía. Era un hombre atractivo, pero sus afectos hacia mí eran inexistentes.

Abro la boca para hablar, pero mi voz tiembla.

—Quiero irme a casa —digo. ¿Me dejará salir e irme sin presentar cargos? No he cogido nada ni he causado ningún daño.

La mano de Nikita se desliza hasta mi cuello, y agarra un puñado de mi pelo.

—Ya estás en casa, *Malish* —me susurra al oído.

—¿Qué? —jadeo e intento liberarme, pero su agarre solo se aprieta más.

—¿No es eso lo que querías? Robaste la llave de mi casa.

Tengo la boca seca. No pensé que se hubiera dado cuenta de que la había cogido de su llavero cuando nos interrumpieron en su oficina. Había estado fuera no más de dos minutos, y aunque había forcejeado para sacar la llave del llavero, cuando por fin la tuve en mi poder, no había podido devolverla sin que me vieran.

—No robé tu estúpida llave. Si la hubiera robado, ¿crees que habría saltado la valla y me habrían pillado?

CAPÍTULO CUATRO

NIKITA

Lucy es impetuosa, y el fuego detrás de esos ojos verde oscuro aviva una llama que había estado domada dentro de mí. Ella insiste en que no robó la llave del complejo, de mi casa.

—No te creo —mascullo y la empujo contra el colchón. Mis manos atrapan las suyas por encima de su cabeza.

—Pues me da igual —me mira con desdén, pero sus pupilas están dilatadas y su respiración se hace más profunda.

Juro que puedo oler su aroma, y quiero arrancarle la ropa y follarla. Pero soy un caballero. No soy un monstruo, nunca la forzaría. Además, cuando termine con ella, me rogará que le folle su apretado coñito.

—No entraste en el bar ni chocaste conmigo por casualidad.

Debería haberlo visto anoche y no haber sido tan ingenuo como para pensar que una chica guapa podría necesitar ayuda. Qué vergüenza haberme creído su pequeña actuación. Solo hay una manera de saber que no tiene mi llave. Mi mano izquierda permanece aferrada a su muñeca, sujetando sus manos juntas. Con la derecha, deslizo la palma sobre sus pechos, asegurándome de que no tenga un micrófono escondido o mi llave oculta bajo su ropa.

—¡Suéltame, pervertido! —grita, pero su cuerpo traiciona sus deseos.

Me desea. La respiración de Lucy se vuelve más profunda, y su aliento sale entrecortado y espeso. Sus párpados se vuelven pesados mientras acaricio su piel cubierta. Me río, sin sentirme ofendido en absoluto por su comentario. Inclinándome, mis labios rozan su oreja.

—Podría ordenar un registro completo —digo—. Traer a otros hombres para que te quiten la ropa y se aseguren de que no estás escondiendo esa llave ni nada más bajo ese vestido.

—¡Eres un cerdo!

¿Eso es todo lo que tiene? ¿Insultos que lanzarme?

Se muerde el labio inferior mientras acaricio su cadera, y emite un suave suspiro. Sus ojos se tensan, y veo la lucha interna. Lucy no quiere ceder, pero lo hará, todo a su debido tiempo.

—Abre las piernas —ordeno.

—¡Eres un puto animal!

—¡Luka! ¡Dmitri! —llamo para obtener refuerzos adicionales.

No tengo intención de hacerle daño a Lucy ni de obligarla a tener sexo. Si tiene miedo, traeré a dos hombres más para que sean testigos de lo que pretendo hacer por su bien.

Su respiración se corta en su garganta.

—Tranquila. No voy a hacerte daño.

Lucha contra mi agarre, su cuerpo se arquea contra el colchón, intentando liberarse, pero soy demasiado fuerte para ella. Hay pánico en su respiración. Sus ojos están abiertos de par en par y su color es espantoso. Juro que si vuelve a sufrir una anafilaxia, la meteré en el asiento trasero de mi vehículo y la llevaré yo mismo a Clínica Médica Steele.

Pasos pesados se apresuran hacia el dormitorio y abren la puerta de golpe. Miro por encima de mi hombro a Luka.

—¿Qué necesitas? —pregunta.

Está a mi lado y nos mira mientras la tengo inmovilizada contra el colchón.

—¡Soltadme! —grita Lucy e intenta zafarse de mi agarre.

¿Acaso no se ha dado cuenta de que el único que tiene el poder de soltarla soy yo?

—Quiero que estéis aquí para presenciar que no voy a tocarla.

—Ya me estás tocando —gruñe Lucy—. Suéltame. —Se inclina para morderme.

Deslizo la mano bajo sus caderas en un solo movimiento y la giro, empujando su pecho contra el colchón mientras la inmovilizo. No puede morderme si no está de cara a mí.

—Es un manojo de nervios —dice Luka. Cruza los brazos sobre su pecho y observa.

No ayuda a Lucy. No es una invitada en el complejo. Es una prisionera y una ladrona. Aunque todavía no puedo probar su robo, lo haré antes de que termine la noche.

—Dime algo que no sepa —murmuro.

Luka mira, sin ofrecer ayuda mientras la mantengo inmovilizada contra el colchón y dejo que mis manos vaguen por su vestido, sobre las tirantes de su sujetador y por su trasero. Su respiración se entrecorta en su garganta. Mi tacto es firme pero no brusco. Podría arrancarle la ropa directamente y, si no encuentro lo que busco pronto, tal vez tenga que hacerlo.

—¿Has terminado? —Se retuerce contra mí.

Joder. Mi polla se endurece con sus movimientos, y juro que tengo la cabeza por las nubes. Es una maldita tentación. Huele a vainilla y lavanda. Es embriagador, por no mencionar el calor que llena la habitación.

—¡Basta! —gruño en su oído.

Si no está intentando excitarme, entonces necesito controlar mi verga. Además, no necesito que Luka note cuando me levante de su respingón culito que tengo una erección por nuestra prisionera. Eso es todo lo que es, *una prisionera.* Es una traidora, aunque todavía tengo que descifrar para quién trabaja y cuál es su agenda.

Mi mano se desliza bajo su falda, asegurándome de que la llave no esté escondida en sus bragas. Está empapada a través de la delgada tela, chorreando por mí, y su respiración se entrecorta en su garganta. Retiro mi mano. Quiero arrancarle las bragas y dejar que mis dedos separen sus labios, tocarla, provocarla y escuchar sus gemidos mientras la lleno con mis dedos. Pero no voy a aprovecharme de ella.

Lucy tiene que suplicarme que me la folle. Y aun así, no estoy seguro de que me permitiría el placer de verla deshacerse. Está aquí porque saltó la valla, no por invitación. Debe haber consecuencias por sus acciones. Y si depende de Mikhail, esas sanciones serán duras y severas.

Lucy es delicada. No estoy seguro de que esté preparada para lo que soportaría un prisionero normal. La tortura, la humillación y la naturaleza vil de ser obligada a confesar y obedecer. La mayoría de los detenidos que tomamos son hombres, enemigos de la bratva, leales a la mafia italiana o al cártel colombiano.

¿Dónde yacen las lealtades de Lucy? Ciertamente no con la bratva. Estoy bastante seguro de que no esconde un arma o mi llave perdida, lo que me parece extraño. ¿Cómo planeaba entrar al complejo? ¿Iba a entrar tranquilamente por la puerta principal?

—¿Dónde está la llave? —La volteo y me bajo de su cuerpo. Necesito saber sin ninguna duda que no ha escondido la llave.

Ella resopla y me ignora mientras se arregla el vestido. ¿Cree que la ley del silencio va a salvarla?

—¡Contéstame! —gruño. Tiene que llevarla encima.

Lucy tiembla y me señala con el pie, apoyando su zapato en mi muslo.

Pasé por alto sus zapatos. Le quito los zapatos negros. Son gruesos y pesados, con un tacón de cinco centímetros de grosor. Doy la vuelta al zapato, la suela tiene hilos gruesos y un ligero contorno en el centro. Abro el compartimento oculto, y dentro hay un objeto metálico plateado, escondido a simple vista.

La llave.

Recupero la llave del complejo, cierro el compartimento de su zapato de golpe y dejo caer el zapato sobre el colchón.

Quería estar equivocado. Con mi mano izquierda cerrada alrededor de la llave, tiro del brazo de Lucy y la levanto de la cama, arrastrándola fuera del dormitorio.

—¿Adónde me llevas? —Su respiración se entrecorta. Sus ojos verdes están muy abiertos, y su voz tiembla de miedo—. Lo siento. Te la devolví. ¿Puedo irme, por favor?

Refunfuñando entre dientes, soy brusco mientras la escolto por el pasillo y la bajo por las escaleras.

Luka está justo detrás de mí. No ha dicho una palabra. Está asimilándolo todo, y medio espero que me reproche por confiar en ella. Pero me he dado cuenta de mis errores y estoy tratando de enmendarlos. Estaré en deuda con Mikhail por dejar que la chica se colara en la propiedad y tuviera en su poder la llave de la puerta principal del complejo. Habrá que cambiar las cerraduras, y me interrogarán después de interrogar a Lucy, si tengo la suerte de llevar a cabo todo el interrogatorio. Cualquiera de los hombres de Mikhail podría intervenir porque estoy demasiado cerca de Lucy.

No puedo dejar que mis dudas nublen mi juicio. Lucy es la enemiga. No es solo una chica guapa que conocí en el club. Me tendió una trampa y me traicionó. No perdono fácilmente, especialmente cuando se trata de lealtad y confianza. No me gusta que me engañen y me hagan parecer un tonto.

Agarro su brazo y la arrastro por el corredor principal. Luka abre la puerta del sótano-prisión y enciende la luz mientras la escolto por la escalera de piedra.

—¿Adónde me llevas? —Lucy se retuerce en mi agarre, intentando liberarse, pero mi sujeción es demasiado fuerte para que pueda huir—. ¡No puedes hacer esto!

—Tú has hecho esto. Tu encarcelamiento es completamente obra tuya —digo.

Llegamos al final de las escaleras. El suelo es de hormigón, y el aire es frío. Luka abre una de las jaulas metálicas, una celda de prisión, y empujo a Lucy dentro.

—¡Por favor, no hagas esto! —chilla y da media vuelta, pero cierro la puerta de golpe antes de que pueda escapar.

Los barrotes metálicos la mantienen confinada en la celda. Sus dedos agarran el metal, envolviendo las barras. No puede liberarse, aunque lo intente.

—Por favor. —Su voz flaquea, y parece que va a llorar.

—Deberías haber pensado en eso antes de decidir robar la llave y entrar sin permiso. ¿Vas a decirnos qué buscas?

¿Pretende matar a Mikhail? No me da la impresión de ser una asesina, pero podría estar interpretando el papel de víctima inocente. Sin embargo, no encontré ningún tipo de arma escondida en ella.

Luka se aclara la garganta y me hace un gesto para que lo siga escaleras arriba para hablar en privado. Me alejo de la celda. Ella no va a ir a ninguna parte, no mientras esté encerrada en la jaula.

—¡Espera! —chilla Lucy. Sus ojos están muy abiertos, y su respiración aumenta, más sonora. La adrenalina corre por sus venas. Está asustada, pero no estoy seguro de si es por su confinamiento o por alguna otra cosa que le preocupa.

No le hago caso. En su lugar, sigo a Luka por la escalera de piedra hasta perderla de vista.

Lucy se queda sola. No hay manera de que pueda escapar, y la celda no es precisamente elegante. Ni siquiera hay un catre. Está vacía. No mantenemos prisioneros por mucho tiempo. Los interrogamos y los matamos después de obtener la información que necesitamos. Cierro la puerta de la prisión, asegurándome de que Lucy no pueda escuchar nuestra conversación. Cruzo los brazos sobre el pecho.

—¿De qué querías hablar? —pregunto. Subir no había sido idea mía.

Quería ir al grano y averiguar lo que Lucy sabe.

—Deberías hablar con Mikhail.

—¿Por qué? —pregunto.

Él ya sabe que hemos tomado a Lucy como prisionera y que ella entró sin permiso en su propiedad. ¿Hay otra información que tiene sobre Lucy y que desconozco?

La mirada de Luka no vacila, y tengo la impresión de que preguntarle a él no va a ayudar a mi causa.

—Vale —murmuro y me dirijo por el pasillo. Miro a Luka por encima del hombro—. ¡Nadie más interroga a la prisionera excepto yo! —No quiero que nadie más se acerque a Lucy.

Es *mía*.

Mikhail está en su despacho, y doy un golpe firme al entrar. Está sentado detrás de su escritorio, con la atención puesta en su portátil.

—¿Quería verme, señor? —pregunto.

—Entra, cierra la puerta, ¿quieres?

Cierro la puerta tras de mí y me siento frente a él en la silla de cuero negro al otro lado de su escritorio.

—La chica está detenida abajo —digo, asegurándole que su familia está a salvo.

—Anton mencionó que era la chica del club anoche.

Nada se le escapa a Mikhail.

—Sí, le derramé la bebida en el vestido anoche.

Sonríe con demasiado conocimiento.

—Lo cual estoy seguro que ella lo planeó. ¿Es la responsable de tu llave perdida?

—Sí, tenía la llave en su posesión. —La saco del bolsillo de mis pantalones, mostrándosela a Mikhail.

—Estoy haciendo cambiar todas las cerraduras del complejo y añadiendo cerraduras adicionales a las puertas principales para mayor seguridad.

No me molesto en preguntar si es necesario. Mikhail está al mando. Lo que él dice se hace.

—¿Y qué hay de la valla?

Por ahí había entrado. Lucy había sido traída al complejo porque yo la llevé dentro después del incidente. Pero su aparición en la propiedad había sido una sorpresa.

—Contrataré trabajadores para cambiar el vallado y asegurar la propiedad. El coste saldrá de tu paga.

Tengo la boca seca. No es prudente discutir con el pakhan.

—Por supuesto, señor.

Al menos vivo bajo su techo. El dinero adicional es bastante generoso y he ahorrado lo suficiente como para que perder una o dos pagas no sea catastrófico.

—Anton investigará cualquier deuda que pueda tener y si ha recibido recientemente fondos de fuentes ilícitas.

—¿Sospechas del cártel?

Lucy está trabajando con alguien. Simplemente no estoy seguro de a quién está ayudando o por qué. No noté un anillo en su dedo, pero eso no significa que no esté ya comprometida. Podría estar casada con uno de los miembros del cártel, o de la mafia. Sin embargo, nunca la había visto antes de anoche.

—Sospecho de todos —dice Mikhail—. Sería prudente interrogar a la chica, averiguar qué sabe y para quién trabaja.

—Sea quien sea para quien esté trabajando, no es por lealtad.

Hay algo en Lucy que se siente auténtico cuando estoy cerca de ella; al menos lo fue anoche en el bar. Podría haberme manipulado, seducido y distraído.

Había sido negligente al dejar mis llaves sobre la mesa, permitiéndole robarme. ¿Las habría cogido de mi bolsillo si yo no hubiera sido tan descuidado? Es poco probable que sea buena como carterista, o las habría robado en el club y habría evitado pasar un minuto a solas conmigo.

—Sospechas que hay chantaje.

—Pasé suficiente tiempo con ella en el club como para estar seguro de que no está aquí porque quiere. Alguien tiene algo contra ella.

—Es posible. Veremos si Anton encuentra algo cuando investigue sus antecedentes. Ya has establecido una relación con la prisionera. Quiero que te encargues del interrogatorio.

—Lo agradezco.

La idea de Luka o Dmitri en la celda con ella hace que mi pulso se acelere. Necesito ser yo quien le exija que revele sus secretos después de lo que hizo. Me debe la verdad y nada menos que eso.

Mikhail ha terminado, y me levanto, dirigiéndome hacia la puerta. Luka se ha marchado, no es que esperara que me esperase. Tiene otros asuntos que atender, incluida su propuesta de matrimonio a

Hannah que no salió según lo planeado. Pero no es un hombre que se rinda, no cuando se trata de su familia y del amor de su vida. Nunca pensé que vería a ese hombre sentar cabeza y formar una familia. Aunque, en realidad, no es que planeara nada de esto.

Yo, por mi parte, no tengo el más mínimo interés en una relación romántica. Ya hay suficientes niños correteando por el complejo; la tranquilidad fue fugaz después de que Aleksandra se marchara con sus gemelos, Sophia y Liam.

Aleksandra es la hermana pequeña de Mikhail y una buena dosis de problemas. Solía llevar a esos gemelos al colegio, pero que Dios me ayude si tuviera que cuidarlos. No se me dan bien los niños. No soporto sus manos pegajosas y su constante lloriqueo pidiendo que les entretengan. Cuando yo era niño, ningún adulto se pasaba horas fingiendo interés en juegos tontos.

No estoy hecho para ser padre. No pretendo que me gusten los niños. Los trato como quien maneja una mascota, con comida y agua, y los dejaría correr libremente por el patio. Probablemente por eso Hannah no me ha pedido que cuide de Bay, y

Madisyn no quiere que me acerque a Kira. Perfecto. Tengo suficiente trabajo que hacer, con Mikhail dando órdenes a todas horas de la noche. Juro que ese hombre no duerme ni un segundo. Aunque tampoco es que yo lo haga mucho mejor.

Dirigiéndome al sótano, desbloqueo la puerta y la abro, bajando pesadamente por las escaleras. Mis zapatos resuenan contra las piedras. El pasillo está tenuemente iluminado, pero la prisión de abajo está brillantemente alumbrada. Es intencional, dificultando que un prisionero pueda dormir o saber cuánto tiempo ha pasado. No hay ventanas en el sótano. La prisión está insonorizada del resto del complejo para asegurar que nadie pueda oír lo que se le hace al cautivo.

Solía ser una característica útil; mantenía fuera los molestos sonidos de los interrogatorios brutales, pero ahora, con niños correteando por el piso principal, es mejor que no sepan lo que está ocurriendo en el sótano. La puerta siempre se mantiene cerrada con llave. No es que nos preocupe que un prisionero pueda escapar. Todo lo contrario. Ninguno de nosotros quiere que los niños o sus madres bajen sin invitación a las frías celdas y descubran lo que estamos obligados a hacer.

Madisyn no ignora la tarea en cuestión; es ex-FBI. Hannah, enfermera en Steele Concierge Medical, no ha visto la crueldad que se requiere de nuestros hombres, y todos preferimos que siga así. Tal brutalidad no puede dejar de verse ni oírse.

Lucy está sentada en el suelo, con las piernas cruzadas y las manos descansando sobre sus rodillas, palmas hacia abajo. Parece mucho más tranquila que cualquier prisionero que haya visto en nuestras celdas. Tiene los ojos cerrados, y la chica parece en paz.

¿Está meditando? Esto no se supone que sea unas vacaciones donde pueda relajarse y desconectar.

—¡Levántate! —espeto, y sus ojos se abren de golpe.

Me mira con una molestia amenazante. ¿Es porque interrumpí su ritual? Bueno, perfecto. Está aquí como prisionera. Debería estar arrastrándose y disculpándose, suplicando por su libertad. No me gusta este lado suyo, despreocupado. No parece estar lo más mínimamente preocupada por su cautiverio.

¿Por qué será? ¿Para quién trabaja? ¿Piensa que vendrán a salvarla?

—Nadie va a venir a buscarte —le advierto mientras me acerco a la celda.

Lucy se levanta y se sacude el vestido. Le llega justo por encima de la rodilla, y el amarillo brillante contrasta fuertemente con las paredes y el suelo grises.

—¿Cuánto tiempo vas a retenerme? ¿No me corresponde una llamada telefónica? —replica Lucy.

No puedo decir si habla en serio, pero le ofrezco una sonrisa astuta.

—No somos la policía.

Ella mira más allá de mí, su mirada vagando sin rumbo buscando algo. ¿Una cámara de seguridad? Tenemos muchas de esas en la prisión y por todo el complejo. La mayoría son difíciles de detectar, ocultas a simple vista.

—¿Quién eres? —pregunta Lucy, apretando los labios antes de morderse el labio inferior.

Está intentando parecer tranquila, pero sus manos tiemblan a los costados antes de cruzar los brazos sobre el pecho.

—Yo hago las preguntas. —Me acerco más a la celda —. ¿Para quién trabajas? Sé que no decidiste robar mi llave por diversión.

—Podría haberlo hecho —responde con sarcasmo y luego hace una mueca.

¿Está preocupada por haber dicho demasiado? Abro la puerta de la celda. Lucy da un paso atrás, con los ojos muy abiertos mientras mira más allá de mí. Cierro la puerta tras de mí, metiendo la llave en el bolsillo de mi pantalón. No voy a dejar que escape. —Podemos hacer esto por las buenas o por las malas.

—¿Qué tal si me dejas ir a casa? Ya tienes la puta llave de tu casa. Me iré por mi cuenta. —Sus zapatos se arrastran contra el hormigón mientras su mirada se fija en la puerta metálica.

—Está cerrada —le recuerdo que no irá a ninguna parte sin escolta.

Sus ojos parpadean, y se abalanza hacia mí, lanzando su puño hacia mi cara en un *uppercut*. Es pequeña, apenas supera el metro cincuenta. Yo le saco más de treinta centímetros, y no hay ninguna posibilidad de que me supere en fuerza.

Agarrando su brazo, se lo inmovilizo a la espalda y la aprieto contra mí. No voy a arriesgarme a que intente algo de nuevo.

—¿Qué tal si hablamos? —No es una pregunta.

Esta es su oportunidad de salvación. Necesito respuestas, y ella me las dará.

—Vale —gruñe, y libero mi agarre.

Da un paso atrás, frotándose la muñeca que sostenía hace un momento. Sus fosas nasales se dilatan mientras me mira.

—Dime para quién trabajas.

Tengo la espalda hacia la puerta, pero está cerrada con llave. El peso de la llave de la celda es notable en mi bolsillo. Al menos no es muy buena carterista. Tuvo amplia oportunidad cuando la inmovilicé.

—Podrías matarme directamente —dice Lucy.

—¿Y eso por qué?

—Estoy muerta si hablo. —Aprieta los labios y mira más allá de mí hacia las escaleras.

¿Espera que alguien venga a salvarla? La puerta de arriba está cerrada con llave, y no he oído a ninguno de los hombres bajar por las escaleras. Solo estamos nosotros dos. No soy lo bastante tonto como para darme la vuelta y darle la ventaja con mi espalda hacia ella.

—¿Quién ha dicho nada de matarte?

¿Sabrá que somos de la bratva rusa? Si lo sabe, entonces es un buen indicio de que está trabajando con uno de nuestros enemigos, ya sea Carlos Sánchez del cártel colombiano o Antonio Moretti de la mafia italiana.

Su lengua sale disparada y recorre su labio superior.

—Bien, entonces déjame ir.

Mi teléfono vibra en mi bolsillo y lo saco para ver los mensajes de Anton en la pantalla.

«Antecedentes cargados de deudas. Hipoteca incumplida. Sin residencia reciente registrada. Parece que perdió su trabajo anterior cuando la firma de inversiones donde trabajaba quebró y cerró tras una investigación de la Comisión de Bolsa y Valores. Actualmente empleada en Java Beans».

Respondo con un rápido «gracias» y guardo mi teléfono en la americana.

La voz de Lucy tiembla.

—¿Qué era eso?

—¿Aparte de mi móvil?

Está agotando mi paciencia. No espero que sea un libro abierto y revele todos sus secretos, pero ¿acaso no quiere salir de aquí? Si tiene la más mínima noción de quiénes somos, haría un trato e intentaría salvarse. No dice nada, solo me mira fijamente con sus apagados ojos verdes.

—¿Cuánto mides, uno sesenta? —pregunto.

Lucy es bajita, y aunque no intento ser grosero, hay una manera en que puede pagar su deuda después de que establezcamos algunas reglas básicas. Suponiendo que esté dispuesta a obedecerme. La he insultado.

—Uno sesenta y cinco. ¿Y qué importa mi altura? ¿Te preguntas cómo logré trepar por tu preciosa verja?

La chica tiene actitud, y eso tendrá que ser aplastado, junto con su libertad.

—Continúa hablando.

Lucy se acerca a mí.

—Tienes un punto ciego en la esquina trasera de tu sistema de seguridad entre la línea de la valla y el jardín.

Nos dimos cuenta después de que ella consiguiera exponer el problema con nuestro sistema. La cobertura entre las dos cámaras resultó ser de menos de treinta centímetros, pero de alguna manera, ella se dio cuenta e intentó aprovecharlo. Aunque dudo que ella esté detrás de todo esto.

—¿Quién te habló del punto ciego?

—Nadie. —El color desaparece de su rostro. Sus mejillas rubíes están pálidas—. Quiero un abogado.

—Esto no es una comisaría. No tienes ningún derecho —reitero—. Mencionaste que si hablabas, alguien te mataría. ¿Quién? —Necesito el nombre de la persona para la que trabaja. ¿Quién la metió en esto?

—No puedes protegerme.

—Puedo si trabajas con nosotros —digo—. ¿Quién te envió?

Tiembla y se da la vuelta, negándose a responder.

Me acerco más. No me gusta su actitud ni que no esté dispuesta a decirme todo lo que quiero saber.

—Esto puede volverse mucho más difícil para ti —le susurro al oído.

Lucy gira sobre sus talones, mirándome.

—Adelante, mátame.

¿No valora su vida? Sus manos están temblando, y las esconde cruzando los brazos sobre el pecho. Está trabajando para la mafia o el cártel. Estoy seguro de que están detrás de este complot, y ella es solo un peón en su juego. Solo tengo que convencerla de que confíe en mí, lo cual no será fácil. Pero estoy preparado para el desafío, y nunca he estado más motivado.

CAPÍTULO CINCO

LUCY

Incluso si quisiera confiar en Nikita, mi captor, sería mi último aliento. Me mataría. Y si él no lo hace, *ellos* lo harán. Me amenazaron, me advirtieron que siempre están vigilando y que tienen a un hombre infiltrado. No tengo más remedio que creerles. Mi vida está en juego. Y también la *suya*.

Mi vida no importa. Es la vida de mi hijo la que me preocupa. Tiene seis años y estaría aterrorizado si tuviera la más mínima idea de lo que está pasando. Por suerte, está con mi hermana Katie hasta que las cosas se calmen. No podía dejarlo solo.

Katie voló a Nueva York en el primer vuelo que encontró y recogió a Zion, dando media vuelta y llevándoselo a casa para protegerlo. Cualquier sitio debe ser más seguro que estar conmigo.

¿Sabrá Nikita lo de Zion? No me ha preguntado por mi hijo, aunque ¿por qué lo haría? Probablemente no le importe que sea madre. No si es como los hombres que amenazaron a mi hijo.

—No voy a matarte —dice Nikita.

Se me corta la respiración. No le creo. Sería demasiado fácil para él dejarme ir, dejarme marchar. Me mira fijamente, y trato de no estremecerme ante su mirada acerada.

—Hemos investigado tus antecedentes —dice, sin mostrar el menor arrepentimiento por su intrusión en mi vida personal.

Deben haber visto que tengo un hijo y que el banco ejecutó la hipoteca de mi propiedad.

—¿Vas a dejarme ir?

Su ceño se tensa.

—¿Dónde estás viviendo? —pregunta.

—Tengo un sitio donde quedarme —digo enigmáticamente. Si no ha averiguado la dirección de la propiedad en la que he estado residiendo, no tengo intención de decírselo.

—Puede que sea cierto, pero nos debes lo de esta noche.

—Devolví la llave. Te juro que no hice otra copia.

Su mirada se contrae.

—Da igual. Hay que cambiar las cerraduras, sustituir la valla y actualizar el sistema de seguridad, y todo eso corre por tu cuenta.

—¿Qué? —¿Está loco? Mi voz se quiebra mientras me retuerzo las manos—. ¿Cuánto va a costar eso?

Ahora mismo pagaría lo que fuera para salir de esta estúpida celda, pero no es como si tuviera fondos de sobra. Si los tuviera, no me alojaría en ese motel de mala muerte. Mi hermana fue lo bastante amable como para pagar su vuelo y el de Zion. No tiene ni idea de lo que está pasando, solo sabe que me he metido en algo que no debería y que nuestras vidas están en peligro. Si le cuento algo más, podrían matarla. No voy a hacerle eso a Katie ni a arriesgar la vida de Zion.

—Trabajarás para nosotros —dice Nikita.

—¿Trabajar para vosotros... cómo?

No sé qué está planeando, pero se me cae el alma a los pies. ¿Piensa que voy a traficar armas o drogas ilegalmente para él? Sea cual sea su medio de vida, no es normal que un hombre tenga una celda en su sótano.

—Trabajarás en el Club Sage.

Ese es el bar donde me tropecé con Nikita anoche. No fue por accidente que estuviera allí, pero no tenía intención de volver nunca.

—¿Como qué, bailarina? —me burlo de su sugerencia.

Su mirada recorre mi cuerpo y niega con la cabeza.

—No tienes cuerpo de bailarina. Servirás bebidas.

—Eres un capullo.

Se ríe.

—¿Preferirías bailar? Estoy seguro de que a muchos hombres les encantaría verte mover el culo para ellos. Incluso podrías ganar más dinero.

—Seré camarera —digo, echándome atrás en mi comentario.

No quiero bailar para él ni para nadie más. Asiente bruscamente y me examina.

—Bien. Hannah me dice que eres barista. No debería ser muy difícil para ti gestionar pedidos de bebidas.

Me había estado preguntando por Hannah, pero todo el incidente es confuso desde que me pincharon.

—¿Cómo conoces a Hannah?

¿Trabaja para la bratva? Me advirtieron que los hombres a los que iba a robar eran despiadados y crueles y que me matarían si me atrapaban.

No sé mucho sobre Hannah aparte de lo que pide para beber y cómo toma el café. Pasaba por la cafetería varias veces a la semana, siempre pidiendo la misma bebida antes de ir al trabajo. Venía a veces durante el almuerzo, con su uniforme de enfermera y su placa identificativa, que es como descubrí dónde trabaja. Su nombre aparecía en el pedido de su bebida y estaba garabateado en el vaso para llevar de color crema.

Nikita no responde a mi pregunta. ¿Por qué esperaría que me dijera algo? No es como si yo hubiera sido cooperativa con él. Su teléfono vuelve a vibrar y lo saca del bolsillo de su abrigo. Mira de su dispositivo hacia mí.

—¿Quién es Zion?

Tengo la boca seca. No contesto a su pregunta. Si le miento, no estoy segura de lo que le pasará a mi hijo o a mí. Pero si le digo que tengo un hijo, ¿qué le pasará a mi dulce e inocente niño de seis años? No quiero poner su vida en peligro.

—Lucy. —La voz de Nikita contiene una advertencia mientras se acerca más a mí—. ¿Ibas a decirme que tienes un hijo?

Ya sabe lo de mi hijo. ¿Por qué pregunta si ya tiene la respuesta? No es como si Zion fuera un secreto. Le di a luz en un hospital; seguro que hay registros que podrían descubrirse fácilmente en Internet sin necesidad de investigar mucho. Usé un donante de esperma porque quería un hijo más que nada en el mundo, y ni siquiera puedo protegerlo.

—No —susurro—. No es asunto tuyo.

—¿Y él dónde está... en casa solo?

—¿De verdad crees que dejaría a un niño de seis años solo en casa? —Estoy horrorizada por su insinuación. ¿Acaso no sabe nada sobre niños?—. Está bien. Está con alguien. —No voy a dar más detalles. Estoy segura de que si quieren averiguar dónde está, lo descubrirán por su cuenta.

—¿Familia? —pregunta Nikita. Su mirada no vacila, y no logro descifrar qué está pasando por su cabeza.

No contesto.

—Tomaré tu silencio como confirmación de que está siendo atendido y cuidado.

—¿Estás preocupado por mi hijo? —Es absurdo—. ¿Me tienes encarcelada a mí, su madre, y ahora te preocupa el bienestar de mi hijo?

La mandíbula de Nikita se tensa. ¿Está molesto conmigo o le perturba que no me arroje a sus pies suplicando su perdón y por mi vida? Mira brevemente su reloj antes de meter la mano en el bolsillo del pantalón para sacar la llave de la celda.

—Te llevo a casa. Mañana, empiezas a trabajar en el Club Sage.

No me siento en absoluto agradecida de que me haya dado un trabajo. Ya tengo un empleo, trabajo a tiempo completo en la cafetería. No necesito otro. Además, este no me va a pagar ni un céntimo.

Al escoltarme fuera de la celda, me indica que camine delante de él por las escaleras. Los escalones son oscuros y estrechos. Apenas lo había notado al bajar, pero el aire está frío, y tiemblo mientras me abrazo para mantenerme caliente. ¿La prisión estaba tan fría? No me había dado cuenta; estaba demasiado acalorada pensando en Nikita y en cómo saldría de aquí con vida.

Intento girar el pomo de la puerta, pero está cerrada y no se mueve.

—¿Es esto algún tipo de broma? —pregunto, mirándolo por encima del hombro.

—Apártate —dice y me indica que me haga a un lado.

Desbloquea la puerta y me agarra del brazo, evitando que me adelante demasiado. ¿Cree que voy a huir? Ni siquiera sé por dónde se sale de aquí. Nikita es brusco y enérgico; sus dedos se clavan en mi brazo, dejando una marca.

—¿Podrías aflojar?

Me mira, dándose cuenta de su fuerza, y su agarre se afloja lo suficiente para mantenerme atrapada, pero ya no me hace daño. No hay disculpa por su parte. Tampoco es que deba esperar mucho de él.

Otro caballero avanza rápidamente por el pasillo hacia nosotros. Es más alto que yo, con una barba espesa y pelo oscuro. En el momento en que abre la boca para hablar, su fuerte acento ruso llena la sala.

—¿Qué hace ella todavía viva?

Se me seca la boca e intento liberarme del agarre de Nikita.

—Es mi problema —dice Nikita—, y pienso ocuparme de ello, jefe.

Miro a ambos hombres. ¿Me mintió Nikita sobre el trabajo? ¿Está planeando sacarme de la ciudad y ejecutarme?

—Bien.

¿Jefe? ¿Es él el cabeza de familia? Por lo poco que sé de ellos, son de la bratva rusa, lo que lo convertiría en Mikhail Barinov, el pakhan.

Si puedo escapar de Nikita, conduciré hasta Chicago, recogeré a Zion y me dirigiré hacia el oeste, a un lugar remoto. He vivido en medio de la nada antes y crecí en un pequeño pueblo de Montana. La vida rural nunca pareció tan buena.

Nikita me saca al exterior. Está oscuro, y no hay ni una estrella visible bajo la espesura de nubes en el cielo. El aire está frío, con un toque de humedad mientras algunas gotas de lluvia golpean mi piel. No me importa mojarme. Necesito alejarme de Nikita y de la bratva. No van a dejarme marchar, e incluso después de haber pagado mi deuda con estos hombres, ¿quién dice que alguna vez me dejarán ser libre?

Mi hijo está en peligro. Mi vida está en peligro. Necesito escapar.

Pero correr e intentar saltar la valla, dudo que tenga suerte dos veces. Tengo a Nikita pegado a mi lado, con su agarre firme mientras me escolta hasta su SUV negro. Abre la puerta de un tirón.

—Entra —dice. Es una orden.

Subo al asiento delantero y me abrocho el cinturón.

—Esto no es necesario. Mi coche está justo al otro lado de la valla —digo, señalando en la dirección por la que vine.

—Seguro que sí —murmura y cierra de golpe la puerta del pasajero.

Nikita se apresura hacia el lado del conductor justo cuando la lluvia arrecia. Sube, arranca el motor y enciende los limpiaparabrisas.

—¿Adónde me llevas? —pregunto, con la voz temblorosa al hablar.

No quiero indicar que tengo miedo, pero estoy jugueteando con mis manos en el regazo. No es como si tuviera muchas opciones ahora mismo. Lleva un arma en la cadera, pero no he visto otras armas. Podría intentar huir, pero no hasta que esté fuera del perímetro y tenga alguna posibilidad. La lluvia podría salvarme. Especialmente si la visibilidad empeora y lo hace ir más despacio.

Nikita conduce el vehículo por la entrada principal mientras los guardias abren las puertas para nosotros. Gira bruscamente a la izquierda, y estoy a punto de correr cuando se detiene junto a mi vehículo. Está aparcado al otro lado de la calle. Sabía cuál era mi coche. Hay otros dos aparcados en la calle frente a otras propiedades.

¿Qué más sabe?

—Fuera.

La lluvia cae a cántaros, y no espero a que cambie de opinión. Salgo del todoterreno y corro hacia mi coche.

Mierda.

Perdí las llaves en alguna parte del jardín trasero después de saltar la valla. Mi móvil está en la guantera, pero las puertas están cerradas.

Nunca me había parecido tan buena la lluvia. Paso de largo mi vehículo; ahora mismo no me sirve para nada. Mañana me ocuparé de llamar a un cerrajero para que abra el coche y me haga una llave nueva.

Avanzo una manzana bajo la lluvia antes de que Nikita se detenga a mi lado y baje la ventanilla del copiloto.

—Sube.

—Prefiero caminar —digo.

Un relámpago ilumina el cielo, y me estremezco cuando un trueno retumba sobre mi cabeza.

—No te lo estoy preguntando. —El tono de Nikita es firme, y avanza lentamente a mi ritmo mientras camino por la carretera.

Estoy empapada. El pelo me gotea y el vestido se me pega al cuerpo.

—No voy a volver a tu estúpida mazmorra.

—Vas a coger un resfriado.

—Eso es un cuento de viejas. Además, prefiero morir de hipotermia que en tus manos.

—Vaya. —Pisa el acelerador y se aleja.

—Mejor —murmuro y veo cómo frena en seco una manzana más adelante.

¿Qué está haciendo? Deja el motor encendido; las luces de emergencia empiezan a parpadear mientras sale bajo la lluvia y coge un paraguas. ¿Le preocupa mojarse un poco?

Tengo la tentación de correr entre las dos propiedades, pero no quiero que alguien llame a la policía por allanamiento. Ya me he metido en suficientes problemas por hoy.

Nikita lleva su paraguas oscuro, cubriéndose de la tormenta.

—Estás poniendo a prueba mi paciencia. Sube al vehículo.

—Deberías mantenerte seco —digo—. No te acerques demasiado. Podría pegarte la peste.

Resopla ante mi comentario.

—He dicho un resfriado, no la peste negra. Vamos. Te llevaré a casa. —Me agarra del brazo y me conduce sin ceremonias de vuelta a su vehículo que nos espera.

Me da miedo preguntar, pero las palabras se me escapan.

—¿Acaso sabes dónde vivo?

—O te sigo hasta tu casa o te llevo allí, tú eliges —dice Nikita.

—Eres el primer tío que conozco que es sincero sobre ser un acosador. —Me subo al asiento delantero, empapando la piel.

Él se desliza hacia el lado del conductor y cierra el paraguas, manteniéndose notablemente seco a pesar del fuerte aguacero exterior.

—¿Tienes muchos acosadores? —Suena preocupado, pero seguro que estoy interpretando demasiado. ¿Por qué le importaría? Acaba de mantenerme cautiva y me está obligando a pagar una deuda que ni siquiera es mía.

Pero, ¿quién soy yo para discutir sobre semántica? Si está dispuesto a llevarme de vuelta al cutre motel, al menos podré dormir bien y lidiar con todo este desastre mañana.

Nikita suelta un profundo suspiro.

—Dirección.

No sé la dirección del hotel.

—Te iré indicando. Gira a la derecha en el stop —digo.

No me contesta, pero sigue mis indicaciones, y cuando nos detenemos frente al destartalado motel, se rompe el silencio.

—¿Vives aquí? —pregunta.

—Es temporal —digo. No estoy orgullosa de haber perdido mi casa por ejecución hipotecaria, pero estoy sacando lo mejor de una mala situación. Tengo un techo sobre mi cabeza y comida en la mesa. Del resto me ocupo según viene.

—¿Qué tal si te consigo una habitación en...

—No, gracias. —No necesito favores. Ya le debo demasiado a la bratva—. Puedo permitirme el Sunshine Inn —digo. Cualquier otro sitio estaría fuera de mi presupuesto.

Nikita abre la boca, pero le lanzo una mirada y se lo piensa mejor.

Desbloqueo la puerta del todoterreno y la abro, sin importarme que la lluvia no haya amainado.

—Ten cuidado. Este sitio puede ser peligroso.

—Sé cuidarme sola —digo.

No me ofrece su paraguas, pero aunque lo hiciera, no lo aceptaría. No quiero nada que tenga que pagar después, ni siquiera prestar un paraguas. Un poco de lluvia no me matará. Entraré, me daré una ducha caliente y me meteré bajo las sábanas.

—Seguro que sí —murmura Nikita—. Tus llaves del coche... —dice y me las entrega mientras salgo del vehículo.

—Eres un capullo. —Cierro de un portazo y corro hacia la tercera puerta de la izquierda. Al menos las llaves del coche tienen la llave de mi habitación. Había pensado que tendría que pasar por recepción para que me abrieran.

¿Por qué me había dejado estar bajo la lluvia cuando tenía mis llaves? ¿Qué demonios le pasa? Me apresuro a entrar en el hotel y cierro con llave. No es que importe. Estoy segura de que Nikita podría derribar la puerta si quisiera entrar.

¿Es por eso que guardó mis llaves? ¿Hizo una copia, como se suponía que yo debía hacer con las de su casa?

Bien jugado.

Me desnudo y me dirijo a la ducha, girando el grifo hacia el agua caliente. El vapor llena rápidamente el pequeño espacio del baño. Tengo la piel fría y tiemblo al meterme bajo el chorro de la ducha. El agua me quema hasta que mi temperatura corporal aumenta lo suficiente para que desaparezca la sensación de ardor y hormigueo.

Después de una ducha caliente, me pongo el pijama y apago las luces. No tengo ni pizca de hambre, y no me apetece salir a la tormenta para buscar algo de comer. Probablemente hay una bolsa de patatas fritas a medio comer en la mesilla de noche, pero poco más.

Me acerco a la ventana delantera y aparto las pesadas cortinas de pana. Nikita está sentado en su todoterreno. No se ha movido.

¿Planea vigilar el motel toda la noche?

Estoy demasiado cansada para que me importe. Camino arrastrando los pies hasta el otro lado de la pequeña habitación y me meto bajo las sábanas.

En algún momento de la noche, me despierta un fuerte golpe. Es contundente y brusco, alguien con actitud. Apostaría cualquier cosa a que es Nikita.

—¡Vete! —grito, dándome la vuelta en la cama.

Agarro la almohada y hundo la cabeza, intentando amortiguar los sonidos.

—Lucy, ¡abre!

¿Qué podría querer ahora? ¿No me ha torturado ya bastante?

Le ignoro.

Aunque eso no hace que su puño deje de aporrear la puerta principal. Va a despertar a los vecinos. Bien. Quizás alguien llame a la policía para quejarse del ruido y se marche.

Un trueno retumba sobre nuestras cabezas y el viento gana velocidad. Las ventanas traquetean, pero no es por Nikita.

Mi estómago se contrae y me levanto de la cama, queriendo ver qué está pasando. Hay varias ramas caídas en el aparcamiento, incluyendo una que ha aplastado el SUV de Nikita, destrozando el parabrisas. ¿Cómo demonios he podido dormir durante eso?

Abro la puerta principal y me aparto a un lado.

—No tengo mi móvil —digo. Si está intentando

contactar con una grúa, no voy a serle de mucha utilidad.

Cierra la puerta de golpe tras de sí y me empuja lejos de las ventanas.

—Métete en el baño.

—¿Qué estás haciendo? —Retrocedo con cada paso que da hacia mí. Cuando estoy cerca de la puerta del baño, me agarra del brazo y me empuja dentro, entrando él también antes de cerrar la puerta tras de sí.

¿Está loco?

No debería haberle dejado entrar en la habitación.

—¡Aléjate de mí! —Cojo mi cepillo de dientes eléctrico y lo sostengo como si fuera un cuchillo.

Levanta una ceja, divertido.

—En la radio han dicho que hay un tornado. Relájate. No tengo interés en torturarte.

Parecía tener otras ideas antes cuando me encerró.

—¿Estás seguro de eso? —replico.

La mirada de Nikita recorre mi cuerpo mientras observa mi pijama. El pantalón de franela es mullido y tiene pequeños koalas estampados por todas partes.

—No te tomaba por el tipo que adora los animales peludos.

—¿Qué significa eso? No sabes nada sobre mí.

—Tienes razón. No lo sé. —Nikita no pica el anzuelo. Cruza los brazos sobre el pecho y apoya la espalda contra la puerta del baño, bloqueando cualquier posibilidad de escapar.

Pero no está siendo obsceno ni obligándome a realizar algún acto sexual inmencionable con él.

—¿Planeabas vigilar mi motel toda la noche? —pregunto. ¿No tiene un lugar mejor donde estar?

—Solo te estaba vigilando. —Nikita me clava la mirada.

—Bueno, no necesito tu ayuda.

Las luces se apagan. En un parpadeo, sin aviso. La oscuridad consume el pequeño espacio. Avanzo a tientas, buscando el interruptor en la pared.

¿Ha apagado Nikita la luz o ha sido la tormenta?

No hay ventana en el baño, ni un ápice de luz. Sus manos son ásperas y cálidas cuando choco con él en el pequeño espacio. El borde del lavabo se me clava en la espalda.

—Cuidado —advierte. Hay un crujido mientras hurga en el bolsillo de su chaqueta o pantalón, sacando su teléfono móvil.

—¡Enciende las luces otra vez! —exijo.

—No puedo hacer eso —dice y enciende la linterna de su móvil—. Pero puedo concederte luz. Si lo deseas.

Hay un toque de humor en su tono. No es un genio y esto no es un cuento de hadas. Estoy encerrada en el baño de un motel barato con un monstruo. Parece más bien el comienzo de una película de terror, pero odio las películas de terror, o cualquier cosa remotamente terrorífica.

Enfoca la luz de la linterna del móvil hacia el suelo antes de girarla hacia arriba. Es brillante, pero no tan cegadora como esperaba.

¿Cuánto tiempo más tengo que permanecer encerrada en el baño con él? Aunque podría ser peor, no me ha aprisionado físicamente. Creo que está intentando protegerme, pero no estoy segura de por qué, considerando cómo ha transcurrido el día.

El viento afuera ruge y se arremolina, pero la estructura del motel aguanta. Medio espero que un tornado pase y nos destroce, pero Nikita está tranquilo y yo estoy agarrando con fuerza el borde del lavabo a mi espalda.

—¿Crees que es seguro salir de aquí? —pregunto.

Sigue sin haber luz, no es que me importe. Pienso meterme bajo las sábanas en cuanto Nikita salga de mi habitación.

¿Cuándo será eso? Vi su SUV antes, con la ventana destrozada y la parte delantera abollada, puede que no sea posible conducirlo.

—Quédate aquí —advierte Nikita y sale del baño, llevándose su teléfono.

Cierra la puerta y la oscuridad me consume por completo. Mi respiración se me atora en la garganta, y avanzo a tientas hacia la puerta. Nunca he sido claustrofóbica, pero siempre he temido la oscuridad.

Nunca fue tan grave como para necesitar una luz nocturna mientras dormía, pero siempre había un rayo de luz.

Hay una oscuridad total en el baño, y no me gusta.

Con las manos extendidas frente a mí, me dirijo torpemente hacia la puerta, encuentro el interruptor de la luz, lo pongo en posición de apagado mientras busco a tientas la puerta.

Cuando siento la madera fría, agarro el pomo, la abro de un tirón y salgo precipitadamente, chocando contra el pecho de Nikita.

—No sabes escuchar —murmura entre dientes—. Parece que lo peor de la tormenta ya ha pasado.

—Bien. —Suspiro aliviada. La habitación, aunque oscura, tiene suficiente luz para sentirme cómoda—. Me gustaría volver a dormir.

—Por supuesto, no dejes que te lo impida. —Se dirige hacia la destartalada silla junto a la puerta y se deja caer en ella. Apaga la linterna de su móvil, ya no necesita ver lo que tiene delante.

—No te estaba invitando a quedarte. —Estoy un poco cortante y, más que nada, cansada.

Nikita mira alrededor como intentando averiguar adónde puede ir.

—¿Has visto mi vehículo? —Señala hacia la puerta principal—. El motor se ahoga, y no puedo ver una mierda a través del parabrisas. Llamaré para que lo remolquen, pero nadie vendrá hasta que el tiempo mejore, especialmente si no estoy ya en la carretera.

Tiene razón, pero eso no significa que tenga que quedarse aquí, en mi habitación.

—¿No puedes ir al vestíbulo? ¿O ver si hay otra habitación vacía?

—Podría, pero no voy a hacer eso —dice Nikita. No se mueve ni un centímetro de su posición en la silla color mostaza. El mueble no resulta nada atractivo; probablemente sea de los años setenta, y no lo han retapizado. Tiene suerte si lo han limpiado.

—En vez de eso vas a mantenerme despierta. —Me cruzo de brazos. Quiero que se vaya.

Nikita sonríe con sorna.

—Tienes una cama; ve a dormir. —Mira la pantalla de su móvil, tecleando algo, ignorando mi mirada.

Es irritante.

Cuando no se levanta ni se mueve de su posición en la silla, me dirijo hacia la cama y retiro las sábanas.

—No te hagas ideas.

Me meto bajo las sábanas. La cama está fría, y tiemblo, subiéndome las mantas hasta la barbilla. Quiero enterrarme bajo las mantas y fingir que este día nunca ocurrió.

Me despierto temprano al día siguiente. Hay un gruñido de alguien en mi habitación, y me doy la vuelta, recordando que no fue un mal sueño.

Nikita está recostado en la desvencijada silla, pero su cabeza se balancea porque se ha quedado dormido.

Tengo la tentación de despertarle y echarle de mi habitación, pero eso implicaría hablar con él, y no quiero hacerlo. Esperaba despertar y que ya se hubiera marchado. Supongo que era pedir demasiado, considerando que quiere que trabaje en su club como camarera. Ni siquiera me preguntó cuándo es mi próximo turno en la cafetería y si mi horario puede adaptarse a cuando me necesita en el trabajo.

Retiro las sábanas, con la intención de cambiarme y escabullirme de la habitación antes de que lo note. No es que tenga mi coche, pero puedo usar el teléfono del vestíbulo y llamar a un taxi. Mientras me deslizo por la habitación, solo llego hasta la cómoda cuando le oigo aclararse la garganta. Miro por encima del hombro, y está completamente despierto, devolviéndome la mirada.

—¿Ha vuelto la electricidad? —pregunta, mirando por la habitación del motel buscando alguna indicación de que las luces funcionen.

El despertador junto a la cama parpadea con sus atroces números rojos.

—Tú me dirás. —Señalo el reloj, y él gruñe y se levanta.

—Vístete y nos vemos fuera. Tienes diez minutos.

—Necesito ducharme —digo.

—Mejor que sea rápido. —Nikita se pone de pie y se estira, dirigiéndose hacia la puerta de la habitación —. Echa el cerrojo cuando salga.

Cojo mi ropa de la cómoda y aseguro la cerradura.

¿Quiere que lo deje fuera? Ni siquiera le pregunto qué está pensando. No quiero saberlo.

Me apresuro al baño y enciendo la luz, agradecida de que accidentalmente la hubiera apagado anoche. De lo contrario, me habría despertado durante la noche cuando volvió la luz.

Apartando la cortina de la ducha llena de moho, abro el grifo y me desvisto mientras espero que el agua se caliente.

Diez minutos.

¿Nikita va a irrumpir por la puerta principal si no he terminado a tiempo?

El club donde me va a hacer trabajar, ¿estará él constantemente allí, vigilándome y acosándome? Él dirige el lugar. Lo dijo la otra noche cuando le conocí. ¿Cuánto tiempo tardaré en pagar mi deuda?

Meto la mano bajo la ducha, subo la temperatura del agua y me coloco bajo el chorro. El agua cae como una cascada sobre mi piel. Aunque me duché anoche antes de dormir para entrar en calor, esta ducha no es tan relajante como me gustaría.

En cambio, mi mente divaga hacia Nikita, hacia el trabajo que me va a hacer hacer y el hecho de que inevitablemente será mi jefe. Gruño solo de pensar en tener que recibir órdenes suyas. ¿Y qué pasa si me despiden?

Un escalofrío me recorre, y pongo el agua más caliente. El vapor llena el baño. El desagüe se encharca, pero al menos el agua sale clara. El motel es una auténtica porquería, pero es lo que me puedo permitir. Sería estupendo si trabajar en dos sitios significara el doble de paga. Eso no es probable considerando que le debo a la bratva, ¿y por qué? ¿Por intentar allanar una morada?

Nunca le dije a Nikita lo que me contrataron para robar. Vale, le quité su llave. Eso lo dedujo porque me pillaron. No se suponía que iba a acabar en el césped cerca del jardín necesitando asistencia médica.

Al terminar en la ducha, me seco y me pongo mis pantalones de trabajo, unos negros, y una blusa blanca. No sé qué espera Nikita que me ponga para ir al club. Hoy tengo el día libre en la cafetería, lo cual es un alivio considerando que prácticamente me está haciendo de niñera.

Al salir del baño, cojo un par de calcetines limpios y me los pongo antes de meterme en los zapatos. Al abrir la puerta principal, veo a Nikita de pie junto al vehículo abollado, con el móvil en la mano y unas gafas de sol puestas.

Parece exactamente un mafioso, un miembro de la bratva rusa. No digo ni una palabra; no es un cumplido, y no quiero que sepa que estoy al tanto de sus actividades ilegales.

¿Trafica con armas y drogas a través del club? ¿O está blanqueando dinero para el jefe, usando el club para gestionar sus activos?

—Diez minutos —dice Nikita y levanta la mirada de su teléfono.

No cronometré con precisión desde el minuto en que le dejé fuera de la habitación del motel hasta que abrí la puerta y me reuní con él afuera. Miro mi reloj, pero la hora no significa mucho más allá de saber qué hora es. Es más un gesto, fingiendo que me importa.

—Fueron diez minutos.

—Quince, pero trabajaremos en tu puntualidad.

—¿El club está abierto a esta hora? ¿Y cómo planeamos llegar allí?

Nikita señala una camioneta negra con las ventanas oscuras.

—Pedí que me recogieran anoche —dice.

—¿Y hasta ahora vienen a recoger tu culo? —sonrío con sorna.

—Cuida tu lenguaje.

Mi mandíbula cae al suelo.

—¿En serio? —Debe estar de broma—. ¿Esto viniendo del hombre que me encarceló ayer?

¿Cómo puede preocuparle las palabras que salen de mi boca?

—Una cosa no tiene nada que ver con la otra.

Atraviesa el aparcamiento hacia el vehículo. Nikita no espera a que le siga, pero no me entretengo. Me apresuro a cruzar el aparcamiento y me dirijo al lado del copiloto.

—¿Las llaves?

Desbloquea las puertas del vehículo y me subo.

—Las dejaron con el vehículo esta mañana mientras te duchabas. —Hay un deje de desdén en su voz.

—¿Celoso? —bromeo—. Había toallas extra. Podrías haberte duchado después de mí.

Sus fosas nasales se dilatan mientras sus gruesos dedos agarran el volante.

—No me ducho después de nadie. —Nos saca a la carretera principal y nos incorporamos sin esfuerzo al tráfico, incluso conduciendo este tanque.

La camioneta es enorme. Estoy acostumbrada a conducir mi sedán de cuatro puertas, que no me cuesta una segunda hipoteca en combustible.

Ignoro su comentario. No estoy segura de lo que significa. ¿Es demasiado bueno para ducharse en segundo lugar y está preocupado por no tener suficiente agua caliente? Es mejor que no hable con él. Es temprano, no he tomado mi café y seguro que diré algo de lo que me arrepentiré.

Pisa fuerte el acelerador. La camioneta se lanza hacia delante mientras se mete entre el tráfico, zigzagueando entre carriles. Parece casi temerario, excepto que tengo la impresión de que lo ha hecho demasiadas veces y tiene experiencia. Parece un poco demasiado preparado para una persecución a alta velocidad.

Me aseguro de que el cinturón de seguridad está bien ajustado y la hebilla está segura mientras agarro el tirador encima de la puerta.

—¿No te gusta cómo conduzco? —Me mira antes de volver su atención a la carretera.

—Aprecio llegar al destino de una pieza.

—Lógico. —Tiene ambas manos en el volante, y en cuestión de minutos, nos detenemos frente al club y aparca en la parte trasera.

Hay otros dos camiones aparcados fuera. Hombres con traje están de pie junto a sus vehículos, con los brazos cruzados sobre el pecho. No parecen nada discretos.

—Nikita. —carraspeo.

La voz se me queda atascada en la garganta. La boca del estómago se me hunde. ¿Qué hacen esos hombres aquí? ¿A qué están esperando? ¿A mí?

Hay una camioneta blanca, lo suficientemente grande para mover muebles o personas. Me han dicho que tengo una imaginación hiperactiva, pero no estoy segura de que sea un hecho terrible, considerando la compañía que me veo obligada a mantener.

—Quédate quieta —me ordena. Apaga el motor y se baja de la camioneta, llevándose las llaves.

Mierda.

Adiós a la idea de robarle el vehículo. Supongo que no confía en mí. Es por una buena razón, considerando que ya le robé la llave, y me pillaron allanando. Bueno, me pillaron... el resto es un poco más confuso para mí.

Saluda a los hombres, sus voces amortiguadas desde dentro del vehículo. Mientras Nikita no me presta atención, abro gradualmente la puerta delantera y me escabullo, con cuidado de no hacer ruido. Dejo la puerta abierta. Si la cierro, seguro que lo nota, y echo a correr a pie hacia la carretera principal. Escabullirme de la camioneta puede que fuera sigiloso, pero mis pisadas mientras corro no son ni mucho menos silenciosas.

—¡Joder! —grita Nikita al darse cuenta de mi huida.

No miro atrás. No puedo. Si tan siquiera echo un vistazo por encima del hombro, podría tropezar o reducir la velocidad, y ninguna de las dos cosas es algo con lo que quiera lidiar ahora mismo.

Me apresuro hacia la calle y me meto por un callejón, cruzando otro barrio, asegurándome de que Nikita no me vea. El único problema es que Nikita no es el único que me va a perseguir; la mafia italiana también me estará buscando.

He incumplido mi plazo de esta mañana para reunirme con Aleksandra y entregar el artefacto. Aleksandra Moretti, al menos supongo que ese es su apellido. No me dio exactamente toda su información cuando me obligó a aceptar el trabajo.

Aleksandra es la esposa de Antonio Moretti. Es el don de la mafia italiana, y es despiadado, o eso me han dicho.

CAPÍTULO SEIS

NIKITA

No puedo creer que Lucy se haya largado a pie. ¿Por qué pensé que me escucharía? Hasta ahora no ha demostrado ser leal, ¿y por qué debería serlo? No pertenece a la bratva. Esperar su lealtad es una estupidez, especialmente considerando cómo nos conocimos. Es mentirosa, pero no me da la impresión de que sea por casualidad o libre albedrío. Se ha metido en problemas y yo estoy lo suficientemente loco como para considerar ayudarla.

¿Por qué?

Me gustan los buenos desafíos, y la chica se atreve a provocarme de formas que no había experimentado antes. ¿Qué mujer estaría tan loca como para colarse en el complejo de la bratva? ¿Acaso intentaba que la atraparan?

Por supuesto, podría no tener ni idea y desconocer a qué nos dedicamos, pero eso parece poco probable. Y ahora que se ha marchado a pie, escapando de mi generosa oferta de trabajo, está ocultando algo.

Vale, quizás «generosa» es un término demasiado indulgente. Robó mi llave y Mikhail exigió una compensación por sus delitos. La verdad es que disfruto pudiendo ser creativo con su castigo. Trabajar en el club parece una situación beneficiosa para ambos. Agradezco la ayuda. Es difícil encontrar buenos empleados y que sepan mantener la boca cerrada. Además, no tengo que pagarle directamente, está en deuda con nosotros, lo que es una ventaja para mí y para la contabilidad. Pero primero tengo que atraparla. Y no llevo precisamente la ropa adecuada para salir corriendo; mi traje y mis relucientes zapatos negros de vestir no van a hacerme ganar ninguna medalla en la pista.

—¿Quieres ir tras ella? —pregunta Dmitri, interrumpiendo nuestra conversación cuando todos oímos sus pasos golpeando el pavimento.

Gruño y salto a la camioneta. No va a ponérmelo fácil. Con su hijo en Chicago, huir de nosotros es lo último que le preocupa. Lucy querrá alejarse del peligro en el que ha logrado meterse.

Y no es como si tuviera muchos vínculos con Nueva York. Su hijo está en Chicago con su hermana. Si yo fuera ella, buscaría la manera de llegar a la ciudad del viento. Aunque, por supuesto, primero iría a por su coche.

Si tuviera que adivinar, diría que se dirigirá allí primero. Pero no a pie. Correrá, se mantendrá oculta y o bien hará autostop, llamará a un amigo o cogerá un taxi. No le vi ningún bolso ni cartera, y a menos que tuviera dinero en su vehículo, un taxi será su última opción. Su teléfono también estaba en el vehículo, así que dudo que esté haciendo llamadas, especialmente mientras huye de nosotros a toda prisa.

Piso fuerte el acelerador y me incorporo al tráfico, conduciendo irritantemente despacio para mirar por el callejón mientras busco a Lucy. No es fácil de localizar, y tenía una buena ventaja, no mucha, pero el tráfico me retrasó.

No me quedo en la vía principal por mucho tiempo. Ella seguramente no lo haría. Navego por las calles secundarias, llegando a un barrio residencial. Alcanzo a verla cruzando un jardín a lo lejos, y giro el volante bruscamente para apresurarme en su dirección, casi perdiendo el giro.

No soy el único que la sigue.

Mis manos se aferran al volante. Reconozco el vehículo delante de mí. Probablemente sea uno de los italianos, la mafia. No me había dado cuenta de que nos seguían, pero esta mañana estaba demasiado ocupado intentando no captar el aroma fresco de Lucy después de su ducha matutina.

Fue suficiente para excitarme y hacer que mi polla se moviera en mis pantalones. No estaba pensando en que la mafia italiana pudiera estar siguiéndonos. Quizás debería haber sido más cauteloso.

¿Está trabajando con ellos o la persiguen para llegar a mí? No pondría nada en duda. Antonio es un monstruo, y su esposa, la hermana de Mikhail, Aleksandra, no es mejor.

Piso el acelerador, apresurándome para alcanzar a Lucy, pero ella se escabulle entre las casas, lo que dificulta perseguirla en un vehículo. Los italianos se detienen y Aleksandra, junto con Otello, otro miembro de la mafia, salta del asiento trasero. Se lanzan a la carrera, persiguiéndola.

Justo cuando rodeo a los italianos, el conductor se cruza frente a mí, obligándome a pisar los frenos o chocar contra su vehículo. Estoy tentado de destrozar su coche con mi camioneta, pero eso no me ayudará a atrapar a Lucy, y estoy en desventaja numérica. Son tres y Lucy probablemente no vendrá conmigo por voluntad propia.

Tal vez debería golpear su vehículo para asegurarme de que ella escape. Pero los italianos no se tomarán bien mis amenazas, y me niego a que me superen en armamento, aunque las probabilidades de tres contra uno tampoco ayudan.

Soy un buen tirador, pero no tendré a nadie cubriéndome, y no necesito una herida de bala. Eso no me ayudará a encontrar a Lucy más rápido.

Además, estamos en un barrio muy poblado. En el momento en que empecemos a disparar, cada vecino que esté en casa llamará a la policía y probablemente estará mirando por la ventana con su smartphone.

No estamos en la parte más miserable de la ciudad. Esta gente no está acostumbrada a la violencia. Al menos no de forma tan abierta y descarada que ocurra en las calles y frente a sus casas.

Los italianos doblan la esquina. Aleksandra y Otello arrastran a Lucy hasta el vehículo que los espera, metiéndola a la fuerza en el asiento trasero.

Gruño y golpeo el volante con la mano. ¡Debería haberles impedido atraparla! Podría haber hecho más para ayudar a Lucy.

Sigo su SUV negro mientras continúan por el barrio. No es ningún secreto que los he estado siguiendo, y sorprendentemente, no intentan perderme. Después de cinco minutos completos dando vueltas en círculo por el barrio, se detienen y Lucy es empujada fuera del vehículo antes de que se alejen a toda velocidad.

Ella se queda de pie, jadeando por aire sobre el césped cerca de la acera. A primera vista, parece estar bien, sin signos visibles de lesiones. Está viva. Eso es una sorpresa. ¿Por qué la dejaron ir? ¿Está trabajando para ellos?

Detengo la camioneta y bajo la ventanilla del pasajero.

—¡Sube! —le grito.

Se muerde el labio inferior, resopla por lo bajo, pero accede. Lucy avanza hacia mi vehículo con vacilación. No lo hace por deseo sino quizá por necesidad. ¿Hasta dónde llegaría sin su cartera, teléfono o coche? O tal vez los italianos insistieron en que me acompañara, queriendo algo del complejo.

—¿Trabajas para ellos? —Es la primera pregunta que sale de mi boca cuando abre la puerta del copiloto. Ni siquiera ha puesto un pie dentro del vehículo y ya la estoy acosando para obtener información.

—No porque quiera —dice Lucy. Su voz tiembla y sus hombros están caídos. Está menos desafiante.

¿Qué le dijeron mientras estaba en el asiento trasero? ¿La amenazaron? ¿A su familia? ¿Es por eso que su hijo está en Chicago?

—Te están amenazando. ¿Qué quieren? —Voy directo al grano. Puedo ayudarla si ella me ayuda.

No somos amigos de la mafia. Pero tampoco somos típicamente enemigos, al menos ya no. Tenemos un acuerdo que hemos estado respetando desde que Aleksandra dejó la bratva, su familia, por Antonio.

—No puedes ayudarme. —Se sienta en el asiento delantero, con las manos en su regazo, inquieta mientras intenta calmarse o tal vez simplemente quedarse quieta. La chica está nerviosa. Pero no estoy seguro de por qué, aparte de su encuentro con la mafia.

No son peores que la bratva. Son prácticamente *boy scouts* comparados con nosotros, pero no le desearía a nadie que se involucre con ellos, especialmente a Lucy.

Es demasiado joven, demasiado ingenua, y no sabe que ellos se aprovecharían de una mujer, especialmente de una desesperada. Y su cuenta bancaria y finanzas apestan a desesperación. Podría ayudarla, pero ¿por qué debería?

¿Qué incentivo tengo para ser un buen tipo? Desde luego no me sale de forma natural. Desde los catorce años he estado con la bratva, arrojado al submundo oscuro para salvarme de un mundo frío y cruel, sin darme cuenta de la oscuridad que me envolvería. No amo a nadie más que a la amargura y al vacío de la familia. Mis hermanos de sangre bratva son mis hermanos. Mi familia.

—Dime qué les debes. —No es ningún secreto que quieren algo de ella. La mantuvieron con vida y la devolvieron a la calle. Probablemente estaban entregando un mensaje o una amenaza—. Es algo del complejo, ¿verdad?

¿Por qué otro motivo habría robado mi llave y arriesgado su vida irrumpiendo en nuestra casa?

—Volverán al motel esta noche. Si no lo entrego, estoy muerta. Y luego irán a por mi familia.

—¿Qué hiciste para cabrear a la mafia? —pregunto, lanzándole una mirada.

Soy muy consciente de cómo cabreó a la bratva. ¿También irrumpió en el complejo de la mafia? No parece el tipo de persona que rompe las reglas: miente, roba y engaña para salir de problemas. O, en algunos casos, para meterse en problemas. No puedo precisarlo, pero parece que ha caído en esto por accidente.

—Hay algo en la casa, en la antigua habitación de Aleksandra. —Lucy frunce el ceño, con las cejas juntas—. No entendí su petición, pero dijo que quería un cuadro que cuelga en la pared.

—¿Y planeabas agarrar la fotografía y saltar de vuelta por encima de la valla con ella? —Juro que lo he oído todo. La chica continúa divirtiéndome, lo que es problemático, considerando a lo que la están obligando.

—No tenía un plan —susurra Lucy, mirándome—. Si no entrego el cuadro, estoy muerta.

Doy la vuelta al vehículo y regresamos en dirección al complejo. No confío en que los italianos no enviarán a alguien más, incluso si Lucy acaba muerta a sus manos. Si quieren algo de nuestra casa, no van a parar hasta conseguir lo que desean.

¿Pero un cuadro?

—Muéstrame lo que se supone que debes entregar.

Quiero que me señale la imagen, el marco, lo que sea que quiera Aleksandra. No tiene nada que ver con el arte o la decoración. Y necesito informar a Mikhail sobre las noticias y el encuentro con su hermana.

—Lo haré. ¿Significa eso que me ayudarás? —Sus ojos son grandes y brillantes, como los de un cervatillo.

No hago ninguna promesa.

—¿Qué te metió en este lío, endeudada con los italianos?

¿Qué podría haber hecho para convertirse en un objetivo? ¿Les robó?

—Estaba en el parque con Zion. Él jugaba en los columpios, y esta mujer estaba sentada a mi lado en el banco. Apenas intercambiamos dos palabras, y antes de que me diera cuenta, se levantó para marcharse y dejó su teléfono, junto con una bolsa que había colocado debajo del banco.

—Déjame adivinar, ¿había dinero en la bolsa? —pregunto.

—¿Cómo lo sabes?

No respondo a su pregunta.

—¿Era la misma chica que te agarró hoy? —No puedo imaginar que Aleksandra estaría detrás de amenazar a Lucy y a su hijo.

—No, pero estaba allí cuando el hombre amenazó a mi hijo. Intentó intervenir en mi favor, pero él no la escuchó. Insistió en que todo sería olvidado si recupero el cuadro.

—¿Qué hiciste con el dinero y el teléfono?

—Me siguieron, me recogieron en un SUV negro, registraron mi cartera para buscar mi dirección y luego amenazaron con matar a mi hijo si no hacía exactamente lo que me ordenaron.

Tengo dos opciones: dejar a Lucy en el motel o llevarla de vuelta al complejo. Mikhail no estará encantado, pero me dirijo hacia el complejo. Me acerco a la puerta y Anton nos concede la entrada, abriendo la verja metálica.

—¿Volvemos aquí? —su voz chirría.

Miro en su dirección.

Está jugueteando con sus manos. Su aspecto es espantoso.

—Si vas a vomitar, abre la puerta —digo. Debe estar nerviosa, volviendo al complejo después de que la encarcelara ayer.

—No voy a vomitar —el color aún no ha vuelto a sus mejillas. Se muerde los labios y me mira de reojo mientras se remueve en su asiento.

Todo indica que está incómoda, pero no puedo dejarla en la camioneta. Podría escaparse y saltar la valla otra vez.

—¿Qué hacemos aquí? —pregunta.

Aparco frente a la entrada principal, pongo la camioneta en punto muerto y apago el motor.

—Necesito hablar con Mikhail.

—¿Puedo esperarte aquí?

—No. Entra y come algo mientras yo hablo con el jefe. —Tiro de la manilla y salgo, dando la vuelta para ayudar a Lucy a bajar del vehículo.

Ella ya está fuera y de pie junto a la puerta del copiloto con las manos en las caderas.

—No voy a volver a esa mazmorra del sótano.

—Bien. No hagas ninguna estupidez que me obligue a escoltarte escaleras abajo.

La guío por los escalones del porche y a través del vestíbulo principal. Lucy me sigue unos pasos por detrás, y espero a que entre antes de cerrar la puerta con llave, asegurando el complejo.

Luka va por el pasillo y se detiene en seco cuando su mirada se posa en Lucy.

—Ha vuelto —comenta sin molestarse en bajar la voz.

—¿Está Mikhail por aquí? —pregunto, esperando que Luka sepa dónde está el jefe y qué está haciendo en este momento. Rara vez pasa tiempo en su despacho.

—Llevó a Kira al médico con Madisyn. Supongo que volverá en cualquier momento.

—¿Está todo bien? —No me había dado cuenta de que Kira estuviera enferma.

—Ella está bien. A diferencia de la prisionera que has traído de vuelta a casa de Mikhail. ¿Qué hace ella aquí? —pregunta Luka, clavando su mirada en

Lucy. No está contento de verla, y Mikhail estará aún más descontento con su presencia.

—Tiene información que Mikhail querrá escuchar, sobre su hermana.

—Dudo que eso le alegre el día —dice Luka—. Me haré un favor y me mantendré alejado de él esta tarde. Buena suerte. —Se dirige por el pasillo en dirección opuesta a la escalera.

—Vamos. Quiero ver qué es lo que se supone que debes llevar a los italianos.

Acompaño a Lucy por la escalera hasta lo que antes era el dormitorio de Aleksandra. Está vacío. La cómoda sigue contra la pared, las cortinas corridas. Enciendo la luz y examino cada cuadro en la pared.

Nada parece fuera de lo común a primera vista.

—¿Qué cuadro quieren?

Lucy mira alrededor de la habitación y, después de unos segundos, señala el cuadro que muestra un campo de margaritas. Los colores son apagados. La pintura es un original pero se ha descolorido con el tiempo, y nadie se ha molestado en restaurarlo porque probablemente no valía ni un céntimo.

¿Por qué este cuadro?

—¿Nikita? —La voz de Dmitri llega hasta el dormitorio—. ¿Qué haces aquí? —pregunta.

Ni siquiera pregunta por Lucy. Quizás sabe que es mejor no cuestionar por qué está aquí y por qué la he traído de vuelta al complejo.

—Necesito que vigiles a Lucy un rato, en el estudio.

—No soy su niñera. —Mira a Lucy de arriba abajo —, ponla en el sótano.

No voy a hacer eso. Aunque a veces es tentador, Lucy no merece estar encarcelada. Ya no.

—Diez minutos como mucho. —No se lo pediría si no fuera necesario, y Dmitri sabe eso de mí. Con suerte, me ayudará.

Dmitri emite un profundo suspiro y un resoplido entre dientes.

—Vamos —dice y señala la puerta, esperando a que Lucy le acompañe.

Ella duda, mirando de Dmitri hacia mí.

—Ve con él. Estarás bien.

Me vuelvo hacia el cuadro, y ella se retira, siguiendo a Dmitri. Sus tacones resuenan contra el suelo de madera mientras camina, el sonido desvaneciéndose cuanto más se aleja de lo que una vez fue el dormitorio de Aleksandra.

Con Lucy fuera de vista, me acerco al cuadro y lo descuelgo de la pared, llevándolo hasta el colchón para examinarlo. ¿Qué puede querer Aleksandra con este cuadro? No hay nada destacable en el marco ni en la pintura. Ni siquiera la obra en sí podría considerarse de valor incalculable.

Es improbable que Aleksandra tenga algún apego por él.

Le doy la vuelta con cuidado, examinando la parte posterior del marco. Nada destaca, pero si hubiera algo valioso, ¿no estaría escondido dentro? ¿Tal vez bajo la pintura o dentro del lienzo?

Mikhail me matará si arruino su obra de arte sin motivo. Los cuadros que ha adquirido no son baratos. ¿Compró él esta pieza, o fue el padre de Mikhail quien adquirió el cuadro, y Mikhail lo heredó tras su muerte?

Vuelvo a girar el cuadro para examinar el frente con más detalle. Mis dedos recorren el marco. El oro está grabado con espirales y emblemas decorativos, lo que no encaja del todo con la pintura. Es casi como si otro cuadro hubiera sido el original, y este fuera su reemplazo. ¿Por qué alguien haría eso?

Saco mi navaja y desenfundo la hoja.

—¿Qué estás haciendo? —La áspera voz de Mikhail me sobresalta. Entra en la habitación con pasos pesados y rápidos mientras se acerca.

Debe de acabar de regresar del médico.

—Los italianos enviaron a Lucy para entregarles este cuadro. Pero no puedo imaginar cómo lo habría sacado. —El cuadro no es precisamente pequeño ni ligero—. ¿Cómo sabías que estaba aquí arriba? —pregunto, mirando a Mikhail por encima del hombro.

—Tu prisionera está tomando té en mi comedor.

—Mandé a Dmitri con ella mientras examinaba el cuadro más a fondo.

Mikhail señala la navaja en mi mano derecha.

—¿Con eso?

—No hay nada significativo en el cuadro ni en el marco. Tiene que haber algo detrás.

—¿Y pretendías destrozar la reliquia familiar sin mi permiso?

Mierda, la he cagado.

—No sabía que era una reliquia familiar, señor.

—No lo es —dice Mikhail—, pero podría haberlo sido. —Me quita el cuchillo de la mano y le da la vuelta al cuadro, rasgando el papel marrón que cubre la parte posterior del lienzo.

Bajo el papel destrozado hay un pendrive y un sobre manila. Mikhail coge el pendrive y se lo mete en el bolsillo antes de abrir el sobre y revelar su contenido.

—Nunca se trató del cuadro —dice Mikhail, mirando fijamente los viejos certificados de acciones—. Algunos de estos no valen nada —murmura, pasándolos hasta que llega a un puñado de empresas públicas que siguen cotizando hoy.

—Supongo que eso es lo que buscaba Aleksandra —digo.

—¿Cómo sabía ella lo de los certificados y el pendrive? —pregunta Mikhail, aunque la pregunta es retórica—. Sígueme. —Sale del dormitorio y baja las escaleras, dirigiéndose a su despacho.

Dmitri asoma la cabeza desde la sala de estudio, captando nuestra atención en el pasillo mientras nos dirigimos a su despacho.

—¿Habéis terminado? —Sus ojos están muy abiertos y tiene el pelo despeinado. ¿No puede controlar a Lucy durante un par de minutos?

Se oyen charlas desde dentro de la habitación. Lucy no está sola. La risa de Hannah llega hasta el pasillo.

—Casi —dice Mikhail—. Vigila a nuestra invitada.

Contengo momentáneamente la respiración, sin darme cuenta del gesto hasta que exhalo. Lucy no parece bajo presión; parece estar disfrutando con Hannah. Dudo que Mikhail aprecie que la haya traído a su casa después de lo que ocurrió ayer.

Sigo a Mikhail hasta su despacho, y él cierra la puerta antes de sentarse detrás de su escritorio.

—Quiero saber qué hay en el pendrive. —Coloca las páginas de certificados de acciones sobre su escritorio, ignorándolas momentáneamente mientras se centra en su ordenador.

No me atrevo a preguntar cuánto pueden valer los certificados, pero con una sola mirada antes ya había reconocido varias empresas que cotizan en bolsa. Tienen valor, pero ¿es suficiente como para enviar a una desconocida a robar en nuestra casa?

No hay manera de que Lucy hubiera podido salir con el cuadro en la mano, a no ser que pretendiera desmontarlo, destruir la parte trasera y descubrir el contenido oculto dentro, como había hecho Mikhail.

Me siento frente a su escritorio. Conecta el pendrive al puerto USB y tamborilea con los dedos sobre el escritorio de madera.

—¿Qué tiene Antonio sobre Lucy? —pregunta Mikhail.

—Ha amenazado a su hijo. —No había querido mencionar que tiene un hijo, no porque crea que Mikhail haría daño al niño, pero él no tiene reparos en lastimar a cualquiera que lo traicione.

Su mirada se endurece.

—¿Qué relación tiene ella con ellos?

—Por lo que me contó, parece que interfirió sin querer en algún tipo de intercambio.

—¿Qué tipo de intercambio? —Levanta la mirada desde detrás de su ordenador.

—De la variedad monetaria —digo—. O fue una trampa —añado.

Espero que no sea lo segundo, pero no me extrañaría viniendo de los Moretti, especialmente porque querían algo del complejo pero no querían entrar ellos mismos. Si Antonio o uno de sus hombres hubiera intentado robar el cuadro, habría sido una guerra total.

—Mencionaste que su hijo está en peligro. ¿Dónde está? —pregunta Mikhail. Teclea algo antes de recostarse, estirando los brazos por detrás de la cabeza—. Vaya, vaya.

—¿Qué ocurre, señor? —pregunto.

—Criptomonedas, y una cantidad enorme. Vale más de cuatro millones de dólares. —Mikhail no suele sonreír, pero esboza una media sonrisa—. Trae a tu novia aquí.

—No es mi novia. —Hay amargura en mi voz cuando se refiere a ella como mía.

Nunca me he acostado con Lucy, y desde luego no es *mía*. La mantendría bajo llave con los italianos causando problemas si lo fuera.

—Tráela —dice Mikhail, y su mirada no admite bromas. Su mandíbula se tensa y la débil sonrisa desaparece.

—Por supuesto, señor. —Sigo sus órdenes y salgo de su despacho, dejando la puerta entreabierta mientras me dirijo hacia la sala de estudio.

Lucy está sentada en el sofá con Hannah. Ambas están tomando una taza de té, charlando y riendo como si se conocieran desde hace años. Siento que estoy interrumpiendo, y no me importa.

—Lucy, ¿puedes venir conmigo?

Ella se aclara la garganta y susurra una disculpa mientras se levanta y me acompaña por el pasillo.

—No tienes por qué ser tan grosero.

—¿En serio me estás criticando aquí? ¿Ahora mismo?

¿No se da cuenta de que la he defendido, intentado mantenerla fuera de prisión... bueno, después de haberla interrogado brevemente el día anterior?

Aprieta los labios pero no dice nada mientras me sigue hasta el despacho de Mikhail. Lucy es lo bastante sensata como para permanecer en silencio y escuchar cuando entramos en el pequeño espacio. Cierro la puerta tras nosotros, dándonos privacidad a los tres. A menos que Mikhail me pida que me vaya, lo cual me parecería bien, y estaría encantado de encontrar otra cosa que hacer, cualquier otra cosa.

Responsabilizarme de Lucy es un dolor de cabeza. Es menos trabajo del que pensaba, cuidar de ella y asegurarme de que no huya hacia los italianos.

—Siéntate —dice Mikhail y señala el sofá contra la pared.

Lucy mira en mi dirección, probablemente esperando ver si haré lo mismo. Me dirijo hacia el sofá pero me abstengo de sentarme. En su lugar, me quedo de pie contra la pared cerca del sofá mientras ella se hunde en el cuero.

—Nikita me ha dicho que tienes un hijo y que está en peligro —dice Mikhail. Rodea el escritorio y agarra la silla en la que estaba yo antes, girándola para sentarse frente a ella.

Sus ojos verdes se abren de par en par, y mira de mí al pakhan.

—Lo tengo.

—¿Y su padre? ¿Dónde está? —pregunta Mikhail.

¿Adónde quiere llegar con estas preguntas? ¿Cree que el padre del niño podría formar parte de la mafia italiana? No es algo que yo hubiera considerado; no estoy seguro de por qué no. Lucy nunca mencionó a un cónyuge o pareja. Ni siquiera un novio o el padre del niño, a decir verdad. Y a mí no me había importado lo suficiente como para preguntar.

—Fuera del panorama.

—¿Estás segura? —pregunta Mikhail mientras se inclina hacia delante, con las manos entrelazadas—. Es perfectamente posible que pudiera estar involucrado con Antonio y sus hombres.

—Puedo asegurarle que ese no es el caso porque mi hijo fue el resultado de una donación de un banco de esperma.

—Ya veo —dice Mikhail.

Mi mano cubre mi boca mientras finjo acariciarme la mandíbula, con el asombro evidente en mi rostro. No era la respuesta que esperaba de Lucy. No estoy seguro de qué esperaba. No hemos hablado exactamente de su hijo. Probablemente sea un tema prohibido, y estoy de acuerdo con que así sea.

—¿Dónde está ahora, tu hijo? —pregunta Mikhail.

—Está a salvo con mi hermana —responde ella.

Mikhail mira en mi dirección, queriendo saber en silencio dónde cree ella que es *seguro*. No hay ningún lugar donde uno pueda esconderse del submundo.

—Están en Chicago. No creo que vayan a por el niño mientras Antonio piense que puede recuperar el cuadro.

—¿Y qué pasa si no lo entrego? —pregunta Lucy. Sus ojos se agrandan y se mordisquea el labio inferior.

—¿Dónde se supone que debes hacer la entrega? —pregunta Mikhail.

No puede estar considerando entregar lo que quiere la mafia. Eso no es propio de él, especialmente considerando su valor.

Su voz tiembla.

—Esta noche, en mi motel. —Tiene los labios fruncidos y el ceño arrugado mientras mira de Mikhail a mí—. Me matarán a mí y a mi hijo si no entrego lo que buscan.

—¿Y qué crees que están buscando? —pregunta Mikhail. La mira de arriba abajo, leyendo sus gestos y lenguaje corporal. Es hábil en los interrogatorios. Viene con el trabajo.

Lucy abre la boca; sus labios rubí se separan y un pequeño suspiro escapa mientras mira hacia el escritorio. Los certificados están boca abajo, pero sospecho que reconoce lo que busca en esta habitación.

—El cuadro.

¿Por qué Mikhail no ha guardado los certificados de

acciones? ¿Querría ver si Lucy tenía alguna idea del contenido del cuadro?

—Sí, vimos el cuadro. No puedo imaginar que pudieras haber llevado esa monstruosidad por encima de la valla sin dañarla.

—Se trata de lo que hay dentro del cuadro —susurra Lucy.

—¿Y qué podría ser eso? —pregunto, acercándome—. ¿Qué crees que hay dentro de un cuadro?

—Solo lo que oí decir al italiano alto. Mencionó que contenía algo valioso.

Mikhail exhala un suspiro y se pasa una mano por el pelo.

—La acompañarás al motel —dice, mirándome.

Aunque no dudo de que pueda ocuparme de Lucy y de un puñado de hombres de Antonio, si tienen alguna idea de lo que vale el contenido del cuadro, no van a dejar que algunos asociados de bajo nivel se encarguen del intercambio. Habrá muchos hombres armados esperando para disparar si las cosas se tuercen.

—¿Y qué hay de los refuerzos?

—No te preocupes —dice Mikhail.

Es cauteloso de no decir demasiado delante de Lucy. No le culpo. Ella ocultó el hecho de que no era el cuadro lo que buscaba sino los cuatro millones de dólares que contenía. Coge los certificados de acciones del escritorio y me hace un gesto para que le acompañe al pasillo. No hay rastro de la memoria USB, y supongo que está en el bolsillo de su abrigo.

Cierro la puerta y acompaño a Mikhail al pasillo, dejando a Lucy sola en el sofá.

—No quiero que la pierdas de vista. Probablemente será un baño de sangre cuando los italianos se den cuenta de que no les está entregando cuatro millones de dólares.

—No estarás sugiriendo que la llevemos al motel.

—¿Qué piensas hacer con ella? —pregunta Mikhail —. Dmitri no puede hacerle de niñera toda la noche. Le enviaré al motel con Luka para que te cubran las espaldas.

—Puede quedarse aquí con Hannah y Madisyn —digo—. Madisyn era agente del FBI. Estoy seguro de que puede vigilar a Lucy.

—Estás sugiriendo que mi mujer vigile a tu novia.

Aprieto los labios, absteniéndome de comentar otra vez que no es mi novia.

—No, señor. Estoy recomendando que Lucy se quede con nosotros, para protegerla.

—¿Durante cuánto tiempo? —pregunta Mikhail.

No estoy seguro de que le vaya a gustar mi respuesta, pero la digo igualmente.

—Indefinidamente. A menos que la mafia tenga intención de dejar a Lucy en paz, será un objetivo para ellos.

—Por qué te preocupas por esta chica está más allá de mi comprensión. Cuando todo esto haya terminado, vuela a Chicago y trae a su hijo. Hablaremos de nuevo. —Mikhail regresa a su despacho, dejándome para que informe a Dmitri y a Luka de que están a punto de ayudarme a acabar con la mafia, todo por una chica.

Cierra la puerta de su despacho, el cristal esmerilado hace imposible ver el interior a través de la puerta. Encuentro a Dmitri y a Luka y les informo de la misión antes de que cojamos armas y munición del arsenal.

Será una noche larga, y no espero que la mafia sea indulgente con nosotros. No, esperarán que vengamos completamente armados. Antonio sabía que yo estaba siguiendo a Lucy, y a estas alturas, puede que no sepan dónde están sus lealtades. No estoy seguro de saberlo yo mismo.

CAPÍTULO SIETE

LUCY

El jefe, Mikhail, entra en su despacho, dejándonos a solas. Jugueteo con mis manos mientras me siento en su sofá de cuero. Es bonito, mullido, pero no estoy nada cómoda, especialmente bajo su escrutinio.

—Nikita y mis hombres se ocuparán de los italianos. Tú te quedarás aquí hasta que regresen.

No tengo ningún otro sitio adonde ir excepto Chicago. Pero no voy a llevar a mi hijo a una masacre. Lo mandé con su tía para mantenerlo a salvo.

—¿Puedo salir para buscar mi móvil? —pregunto. Dejé algunas de mis pertenencias en el coche aparcado cerca de la mansión.

—Dame tus llaves y yo recuperaré tus cosas —dice Mikhail.

Meto la mano en mi bolsillo y le entrego mi juego de llaves con el llavero de esposas rosa en miniatura de peluche. Era más gracioso cuando mi hermana Katie me lo regaló. Ahora mismo, parece altamente inapropiado.

Se aclara la garganta pero no comenta nada sobre el llavero ni sobre nada más. Mikhail se dirige a la puerta.

—¿No necesita saber cuál es mi coche? —pregunto.

—¿Aparcaste fuera, un sedán azul oscuro, con óxido en el parachoques y un arañazo en el piloto trasero?

¿Cómo sabía eso?

—Sí —susurro. Me he quedado prácticamente sin habla. ¿Qué más sabe sobre mí?

—Quédate aquí. —Mikhail sale del despacho y cierra la puerta. Trastea con ella durante un minuto, y sospecho que me ha encerrado dentro.

Veo su figura desaparecer a través del cristal esmerilado mientras se aleja del despacho.

Sola.

Echo un vistazo al pequeño espacio. Para la enormidad de la casa, su despacho es bastante modesto. ¿Habrá algo más escondido detrás de una estantería o un armario? Probablemente he leído demasiados libros.

Me levanto y miro la pared más cercana. No hay nada fuera de lo común. La pared está pintada en un suave tono de azul. Es relajante. Tranquilo.

¿Habrá sido intencionado?

Soy silenciosa y metódica mientras inspecciono su despacho, examinando el pequeño espacio. No hay señales de cámaras ni vigilancia por vídeo. Sin embargo, no había notado mucho dentro de las instalaciones. Fuera de la propiedad, es otra cuestión.

La bratva cree que puede poseerme y hacer que haga lo que les plazca. No voy a trabajar para Nikita ni para su jefe. Tiene que haber otra salida.

Recorro la habitación con la mirada, y mis dedos rozan las paredes, la pequeña librería apoyada contra la pared, el archivador cercano. La librería es nueva en comparación con el resto del mobiliario que está cubierto por una ligera capa de polvo, a excepción del escritorio.

Mikhail debe de sentarse a menudo en su escritorio. La madera de la parte superior muestra ligeros signos de desgaste. Golpes en el lateral, la madera tiene imperfecciones.

Hay movimiento fuera de la habitación, y me apresuro a volver a mi asiento, pero es demasiado tarde. Mikhail abre la puerta, mirándome fijamente.

—¿Buscas algo? —pregunta.

Es directo, un poco brusco. Aunque no ha puesto una mano sobre mí, no puedo evitar temerle. Es fuerte, alto, y la mirada fría de sus ojos me provoca un escalofrío en la espalda.

—No, señor.

Me entrega el móvil que había abandonado en mi coche, junto con mis llaves.

—Eres bastante popular —dice.

Miro la media docena de llamadas perdidas. Cuatro son de mi hermana; las otras dos son de un número desconocido. Probablemente la mafia italiana enviándome amenazas de muerte si no cumplo con mi parte del trato.

—Adelante, escucha tus mensajes. Estaré justo fuera del despacho —dice Mikhail. Sale de la habitación, dejándome con una apariencia de privacidad.

Escucho mis mensajes de voz. La voz de Katie tiembla, y hay un ligero indicio de miedo mientras relata que alguien podría estar siguiéndoles. Está paranoica. Probablemente sea solo eso. Mi hermana tiene mucha imaginación, viene con su trabajo. La chica es creativa, y esa chispa incluye una pizca de locura de vez en cuando.

Los únicos mensajes que quedaban eran de Katie, y en el último, suena frenética.

—Lucy, hay alguien aparcado fuera de la casa. Están sentados en su coche, observándonos. Voy a llamar a la policía, pero tengo miedo.

Ese es el último mensaje de ella. No hay mensajes de texto, ni otras llamadas recientes de ella. Hay algunas del mismo número desconocido entre sus llamadas anteriores y después. Todas tienen un prefijo de Nueva York.

Llamo a Katie, pero no coge el teléfono. Va directamente al buzón de voz. Abro una aplicación en mi teléfono que me permite ver su ubicación. Normalmente, es visible. Está apagada.

No puedo quedarme sentada preguntándome qué les ha pasado a Katie y a Zion.

Agarro el pomo de la puerta, está desbloqueada. La abro de un tirón y salgo corriendo al pasillo pasando al lado de Mikhail.

—¿Adónde te diriges? —pregunta.

—Tengo que irme. —No me molesto en explicar. Tengo las llaves de mi coche, e intentaré conseguir el vuelo más rápido que pueda a Chicago. Conducir me llevará toda la noche. Si tengo suerte, puedo llegar antes si vuelo.

—¿Adónde? —Mikhail es brusco y no muestra el menor arrepentimiento en su tono y comportamiento. Probablemente no esté acostumbrado a que alguien no siga sus órdenes. Yo no soy uno de sus hombres.

—Mi hermana está en peligro; van a por mi hijo. —Es lo único que tiene sentido.

—¿Los italianos? —pregunta Mikhail. Frunce el ceño y se acaricia la mandíbula.

No espero a que diga otra palabra o me convenza de que es demasiado peligroso. Me apresuro hacia afuera, corriendo hacia la puerta principal para llegar a mi vehículo en la calle.

—Dejadla pasar —grita Mikhail a uno de los guardias.

El guardia abre la puerta. Es lenta y chirría, y no espero a que esté completamente levantada antes de salir disparada y bajar corriendo por la manzana hacia mi vehículo. Salto dentro, arranco el motor y piso el acelerador.

Con mi teléfono tirado en el asiento de al lado, le digo al marcador por voz que llame a las aerolíneas, e intento reservar el próximo vuelo a Chicago. Ayuda que haya dos aeropuertos principales a los que puedo volar, y justo cuando entro en el aparcamiento del aeropuerto, dicto los dígitos de mi tarjeta de crédito que me he memorizado y me apresuro hacia el quiosco de facturación para mi billete.

Mi corazón late con fuerza contra mi pecho mientras paso rápidamente por el control de seguridad, apresurándome para llegar a mi vuelo. El avión está retrasado. Debería sentirme inundada de alivio, pero en su lugar, tengo el estómago hecho un nudo.

Katie y Zion están en peligro cada segundo que me quedo atrapada en este estúpido aeropuerto. Quiero ayudarles, asegurarme de que estén bien.

Ni siquiera estoy segura de qué haré cuando llegue a Chicago. ¿Cómo puedo ayudarles? Me trago los nervios y me pongo en fila junto con todos los demás para subir al avión mientras las azafatas embarcan primero, junto con el piloto.

No falta mucho para que llegue, un par de horas, y con suerte, todo estará bien.

Todo el vuelo es nauseabundo, y no es solo por las turbulencias o por estar apretujada entre dos personas en un asiento del medio. Solo pensar en todas las cosas horribles que la mafia podría hacerle a mi hijo o a mi hermana me pone enferma. Mi pie rebota contra el suelo. Estoy invadida por una energía sin límites, alimentada por la preocupación. Es una combinación horrible que hace que mi estómago se revuelva y mis manos tiemblen.

Solo quiero no ponerme enferma.

Finalmente, el avión aterriza, y mis pies aún están inestables mientras me apresuro por la terminal. Intento llamar a Katie, pero sigue sin contestar el teléfono. En cuanto salgo, está oscuro y frío para ser primavera. Se siente como si fuera a nevar.

Me ajusto más la chaqueta y me dirijo a la parada de taxis para coger uno hasta la casa de mi hermana.

—Lucy, ven conmigo. —Su aliento me hace cosquillas en el oído, provocándome un escalofrío por la espalda. Clava la pistola en mi espalda, y aunque no me he dado la vuelta para ver quién es, reconozco ese acento.

Los hombres que amenazaron a mi hijo. Es uno de los italianos, parte de la mafia.

—¿Qué estás haciendo? —pregunto.

—¡Silencio! Tú no haces las preguntas. —Me agarra del brazo y me aleja a la fuerza de los taxis y los transeúntes que esperan sus vehículos.

Camina a un ritmo acelerado, prácticamente trotando, pero no estoy segura de por qué. Su pistola está presionada contra mis costillas, y su chaqueta oculta el arma, pero sé sin ninguna duda que apretará el gatillo si tan solo grito pidiendo ayuda. Y si estoy muerta, ¿quién protegerá a mi niño y a mi hermana?

—¿Adónde me llevas?

—¿Qué te dije sobre las preguntas? —Es brusco y me escolta hasta su vehículo, un SUV negro con ventanas tintadas. Me empuja al asiento trasero y cierra la puerta de golpe detrás de mí. Solo somos nosotros dos. Podría incapacitarle, pero si ha hecho algo con Zion y Katie, entonces puede que me lleve hasta ellos.

Me siento en la parte trasera del SUV. Se ha olvidado de cachearme, no es que pudiera llevar un arma. Acabo de bajar de un avión. No llevo equipaje conmigo, solo mi teléfono.

Con cuidado, lo saco de mi bolsillo, asegurándome de que no lo note. No tengo el número de teléfono de Nikita. No es como si fuéramos amigos, pero ahora mismo, él es la única persona que puede ayudarme a salir de esta situación. Da miedo. Y seamos sinceros, no es amigo de los italianos, lo que le convierte en la persona perfecta para ayudar.

Excepto que no sé cómo contactar con él o con cualquiera de sus hombres.

—¡Mirada al frente! —me grita el italiano.

Pongo los ojos en blanco y me hundo en el asiento trasero, mirando directamente hacia delante. Preferiría estar atrapada con Nikita que con este matón cualquier día.

Para ser un supuesto monstruo, Nikita no parece tan malo. Pero solo había pasado un día con él. No había visto precisamente todas sus facetas.

—¿Adónde me llevas?

Me mira por el retrovisor, con ojos fríos y distantes. No hay respuesta de sus labios. Su atención vuelve a la carretera.

Miro por la ventana. Está oscuro fuera. No estoy muy familiarizada con la ciudad, pero vamos hacia el sur por la autopista. No puedo exactamente abrir la puerta trasera y saltar del SUV, suponiendo que las puertas no tengan el seguro para niños. Estoy segura de que no hay una salida fácil.

—¿Cómo sabías dónde encontrarme? —pregunto.

—¡Basta de preguntas! ¡Silencio! —grita.

Le estoy irritando. Bien.

—No tengo el cuadro —digo, señalando lo obvio—. No podría haberlo pasado por el control de seguridad.

No contesta. Me ignora, y quizá sea lo mejor. Odio la charla trivial con los malos. Cruzo los brazos sobre mi pecho. Pasamos zumbando junto a los coches, uno tras otro. No tiene el más mínimo cuidado en evitar que le paren. Quizá, con suerte, un policía lo detenga por exceso de velocidad.

Aunque, este hombre no parece del tipo que se detiene ante un agente.

Vuelve a mirar por el retrovisor. Con su mirada sobre mí un momento más de lo necesario, extiende su mano.

—Dame tu teléfono.

—¿Qué? Ni hablar.

—¿Quieres que pare y vaya a buscarlo?

Extiendo la mano con mi móvil. Él lo agarra, baja la ventanilla y lo arroja fuera.

—¿Por qué demonios has hecho eso? —chillo. Tenía fotos de Zion en mi teléfono y vídeos de él creciendo.

—No quiero que tu novio nos siga.

Novio. ¿De quién está hablando?

Debe de ver la confusión en mi rostro cuando me mira por el retrovisor antes de pisar el acelerador con más fuerza.

—Nikita Krylova. Estuvo en tu motel anoche.

Abro la boca para objetar que no es así, pero no es asunto suyo.

—¿Disfrutasteis de la tormenta? —pregunto. Si estaba en el aparcamiento, ¿lo vio Nikita? Quizá pusieron vigilancia en el lugar y estaban observando desde fuera. No quiero pensar en ellos observando dentro de mi habitación de hotel. Se me ponen los pelos de punta.

—Eso no es lo único que se disfrutó —se ríe con sorna.

No hay forma de que tenga ojos dentro del motel. No pasó nada entre Nikita y yo. Una gran y absoluta nada. Y debería estar feliz por eso, pero no estoy del todo segura de por qué no lo estoy.

Probablemente Nikita ni siquiera se da cuenta de que soy una mujer. Apenas me presta atención excepto para regañarme e interrogarme. Bueno, no importa. Si consigo salir de aquí con vida, no es como si tuviera que volver a verle nunca más. No voy a trabajar para él. Me niego a trabajar gratis o a pagar alguna estúpida deuda que él cree que tengo.

Cruza bruscamente cuatro carriles de tráfico mientras tomamos la siguiente salida que conduce a otra autopista. La ciudad queda atrás y cada vez más distante. No es un conductor precavido, y me sorprende que no haya tenido media docena de coches pitándole por cambiar de carril tan temerariamente.

Tomamos la rampa de salida, y tiene que pisar el freno con fuerza para evitar estrellarse contra la barrera de cemento en construcción. Me zarandeo en el asiento trasero y me agarro al borde para evitar salir volando por el vehículo.

Busco el cinturón de seguridad y lo jalo sobre mi regazo. No voy a morir así, no si tengo algo que decir al respecto.

Ni me molesto en preguntar cuánto falta; dudo que me lo dijera.

Conducimos durante casi dos horas antes de salir de la autopista. Las carreteras están oscuras, la zona desolada. ¿Adónde demonios nos lleva?

Se detiene frente a una casa en varios acres de terreno. No hay nada en kilómetros salvo tierras de cultivo. Apaga el motor y sale, pistola en mano, abriendo la puerta trasera.

—Sal —ordena.

—¿Vas a matarme? —pregunto. Parece un largo trayecto para venir hasta aquí a matarme. Pero quizás tiene órdenes de no ser descubierto al deshacerse de mi cuerpo. Salgo por la puerta abierta.

—Hablas demasiado. —Me agarra del brazo y me escolta con fuerza hacia la granja.

—No debes haber conocido a mi hermana —digo y hago una mueca. Espero que no la haya conocido.

Abre la puerta principal. Las luces están apagadas, pero hay velas iluminando el interior.

—Entra. —Me empuja dentro de la casa y cierra la puerta con llave. Su pistola sigue firme en su mano. ¿Piensa amenazarme con ella o matarme?

—¡Mamá! —Zion corre directamente a mis brazos.

Me inclino, estrechándolo en mi abrazo, protegiendo a mi niño.

—Está bien —dice Katie. Sale de detrás de la esquina, habiendo estado en otra habitación.

Agarro a Zion, levantándolo en mis brazos, manteniéndolo lejos del hombre con la pistola, y dirigiéndome rápidamente hacia Katie. ¿Cómo puede estar tan tranquila ahora mismo?

—Nada está bien —murmuro.

—Puedes confiar en él —dice Katie.

—¿El tipo que agita una pistola y me obliga a subir a su vehículo? —¿Ha perdido mi hermana la cabeza?

Katie lo mira fijamente.

—¿La amenazaste con una pistola?

Él se aclara la garganta.

—Puede que no tuviera otra opción. Los italianos nos estaban siguiendo. No podía estar seguro de que no le hubieran puesto un rastreador o un dispositivo de escucha. En el peor de los casos, pensarán que soy de la mafia de Nueva York y que la he capturado.

Su acento desaparece, y ahora tiene un típico acento del medio oeste. El cabrón me había engañado.

—¿Qué coño está pasando?

—Declan, esta es Lucy —dice Katie, presentándonos como si fueran amigos.

El nombre me suena vagamente familiar, pero estoy segura de que es solo una coincidencia.

—La hermana pequeña de Katie —dice Declan y ofrece una sonrisa astuta—. Siempre la admirabas cuando eras niña.

Doy un paso atrás, atónita. ¿El mismo Declan con el que fuimos al colegio cuando vivíamos en Breckenridge? No había pensado en mi hogar desde que la tía Maggie murió. Me perdí su funeral, no por falta de intención, sino porque Zion estaba enfermo con fiebre.

Nunca lo habría reconocido, aunque tampoco es que saliera con él. Declan y Katie eran inseparables. Yo solo era la hermana pequeña.

—¿Qué haces aquí? —Y ¿desde cuándo se convirtió en un imbécil tan grande? Todavía estoy cabreada porque me apuntara con una pistola y prácticamente me lanzara a la parte trasera de su vehículo con su penoso acento italiano.

No era un acento malo. Solo estoy furiosa porque me engañó. Siempre fue un bromista, y juro que es como si nunca hubiera crecido. ¿Por qué demonios lo llamó Katie para pedir ayuda?

—Katie y yo hemos estado en contacto desde el funeral —dice Declan.

Clavo mi mirada en Katie. ¿Cuándo pensaba decirme que había vuelto con su ex? Fueron novios en el instituto, prácticamente inseparables, hasta que un día ocurrió algo que lo cambió todo. Katie nunca me dijo la razón, solo que había terminado.

—No me dijiste que lo habías visto.

¡No puedo creer que Katie me haya ocultado algo así! Yo no he sido sincera sobre mi reciente drama con la mafia, pero he tenido que protegerla a ella y a mi hijo. Ella sabe lo suficiente como para saber que estamos en peligro.

—No es por romper esta reunión —dice Declan. Parece protector con Katie—. Nos estaban siguiendo cuando te vi en el aeropuerto y en la carretera durante casi la mitad del viaje.

Mis manos tiemblan, y me aferro con más fuerza a Zion, queriendo protegerlo de todo esto.

—¿Seguidos por quién? —pregunto.

Saca su teléfono y revela un puñado de fotos que tomó mientras yo me apresuraba hacia la parada de taxis.

—¿Me estabas vigilando?

—Tenía que encargarme de la vigilancia y protegerte —dice Declan.

—No necesito tu protección.

Lo examino de arriba abajo. No es un tipo pequeño. Es fornido, guapo y hace ejercicio. Puedo ver la atracción que Katie tendría por él, pero no es mi tipo. Y aunque lo fuera, no dejaría que ningún hombre se interpusiera entre mi hermana y yo.

Declan agarra una varilla metálica. Solo tiene unos quince centímetros y es delgada mientras la pasa alrededor de mi cuerpo, deteniéndose en mi bolsillo cuando emite un pitido.

—¿Me estás registrando en busca de un arma? —pregunto—. No tengo ninguna, ¿recuerdas? Acabo de llegar del aeropuerto.

La varilla emite pitidos insistentes en el bolsillo de mis pantalones, y su ceño está tenso.

—Siento la actuación de antes, pero como sospechaba, alguien plantó un dispositivo.

—¿Perdona?

—¿Qué tienes en el bolsillo? —pregunta Declan.

Saco mis llaves y el llavero que está adjunto.

Me las arrebata y examina el contenido.

—Parece un rastreador —dice—. No veo dispositivos de escucha ni equipos de vigilancia.

Juguetea con el llavero, mostrándome un diminuto punto no más grande que una mota hecha con un lápiz. —Tenemos dispositivos de interferencia alrededor de la zona.

—¿Quién me rastraearía? —La única persona que tenía acceso a mis llaves era Nikita y Mikhail. ¿Había plantado uno de ellos el rastreador?

—¿La mafia? —pregunta Katie—. Dijiste que te estaban vigilando, obligándote a robar algo a unos hombres malvados.

—La bratva —susurro—. Nikita o Mikhail deben haber colocado el rastreador. Nikita sabe dónde estoy. —Aunque Declan pueda interferir la señal, Nikita podría haberla seguido hasta la ubicación más reciente, la granja, o cerca de allí.

Los ojos de Declan se abren de par en par y se pasa una mano por el pelo.

—¿Robaste a la bratva rusa? —Hay un toque de preocupación entrelazado en su tono; sus ojos se ensanchan y exhala un profundo suspiro.

—Lo intenté, pero me pillaron. De todos modos, la bratva no es mi mayor problema en este momento. Son los italianos. Están amenazando a mi familia.

—Sí, ya lo creo. La familia Moretti de Nueva York debe haber pedido un favor a la familia Rinaldi de Chicago. Vi a Francesco y Giovan en el aeropuerto, pero podría haber habido otros.

—¿Y estás seguro de que no nos han seguido? —pregunto.

—Sé cómo perder a un vehículo que me sigue. Es a lo que me dedico, bueno, un tipo de trabajo de seguridad.

—¿Eres guardaespaldas? —pregunto, mirando a Katie. ¿Lo llamó para contratarlo o porque hay algo entre ellos?

—Ese es uno de los trabajos que hago para Eagle Tactical —dice Declan—. Basta de hablar de mí. ¿Qué quieren los italianos? ¿Qué te pidieron que robaras?

No confío en Declan. Puede que haya intentado salvarme la vida y mantenerme a salvo, pero aún no me ha demostrado nada, al menos no todavía.

—Un cuadro —digo—. Pero no importa. Los rusos saben del atraco y se están reuniendo con los italianos para encargarse de ello. Se suponía que debía entregar el cuadro a los italianos esta noche.

—Y cuando corriste al aeropuerto, lo notaron —dice Declan.

—¿Cómo? Estaba con los rusos en su casa cuando me fugué al aeropuerto.

—¿Quizás los rusos se lo dijeron? —Declan se encoge de hombros y mira a Zion mientras él apoya su cabeza en mi hombro y se acurruca en mis brazos —. Se está haciendo tarde para el pequeño.

—Debería acostarlo —digo. Ya es mucho más tarde de su hora de dormir.

—Te mostraré su habitación —dice Katie y me guía por el pasillo y escaleras arriba.

Arropo a Zion en la cama y cierro la puerta silenciosamente. Katie está de pie en el pasillo, esperándome.

—Me alegro de que estés bien. —Me atrae hacia ella en un fuerte abrazo.

—¿Yo? Estaba preocupada por ti. Recibí tus mensajes, pero no podía contactarte, y cuando intenté llamarte y localizar tu dirección, no aparecías en el mapa.

—Lo sé —dice Katie—. Ese era el objetivo. Nadie debería encontrarnos aquí, excepto quizás tus amigos de la bratva. Ojalá Declan hubiera hecho un mejor trabajo registrándote en el aeropuerto.

—¡Pensé que era de la mafia! —Bajo las escaleras, no queriendo despertar a Zion, y Katie está justo a mi lado.

—Eso no era parte del plan. Declan puede ser un poco poco convencional, pero puedes confiar en él. Te prometo que no me habría puesto en contacto con él si no pensara que podría ayudarnos.

—Aunque pueda ayudarnos, Nikita no me va a dejar marchar.

—¿Por qué dices eso? —pregunta Declan, captando el final de nuestra conversación al pie de las escaleras.

¿Conoce a Nikita?

—Estoy en deuda con la mafia y la bratva. Nikita me ha estado protegiendo. Al menos creo que por eso estaba fuera de mi habitación del motel la otra noche. También podría ser porque no confía en mí.

—¿Estaba fuera de tu habitación del motel? —pregunta Katie, con los ojos muy abiertos mientras mira a Declan. Es como si se estuvieran comunicando en silencio, pero soy ajena a lo que sea que estén transmitiendo con esa mirada.

—¿Qué? —pregunto, sin entender—. No hay nada entre Nikita y yo. —Si están insinuando que me acuesto con un miembro de la bratva, Katie está tan equivocada que bien podría estar en el Ártico.

—No paras de mencionarlo —dice Katie.

No me había dado cuenta de que había hablado tanto de Nikita.

—Es solo que es insufrible estar cerca de él. Y espera que trabaje bajo sus órdenes en su club. Le debo por robar su estúpida llave de casa.

—¿Trabajar en su club? —repite Declan—, parece absurdo por una llave robada.

—También puede que me pillaran allanando su propiedad. —Aunque, técnicamente no llegué a allanar a menos que saltar la valla cuente. En ese caso, soy culpable—. El jefe espera que él pague por las nuevas cerraduras y las medidas de seguridad adicionales. Me está haciendo pagar la cuenta.

—¿Y cuánto es exactamente? —pregunta Declan.

Sus manos se tensan formando puños a su lado. El hombre parece querer golpear algo o a alguien.

—Nikita no lo dijo.

—No vas a volver con esos monstruos —dice Declan. Se aclara la garganta y mira a Katie. ¿Está buscando que ella lo respalde?

Ella recorre la sala de estar y posa una mano en su brazo, y parece ayudar a calmarlo. Sus puños se relajan junto con sus hombros, y la tensión parece disiparse de él.

—Resolveremos esto juntos —dice Katie.

Hay un fuerte golpe en la puerta, y contengo la respiración.

¿Es la mafia? ¿Han venido a matar a mi familia?

—¡Abrid! —un fuerte acento italiano se filtra a través de la puerta.

—Subid arriba, encerraos en el dormitorio con Zion —dice Declan. Saca su pistola, enfundada en la cadera, y un segundo arma asegurada bajo una mesita auxiliar. Le entrega la segunda pistola a Katie —. ¡Id!

CAPÍTULO OCHO

NIKITA

—Fue una emboscada —digo, mientras entro en el complejo para ducharme y cambiarme. Tengo algunos rasguños que necesitan limpieza y vendaje, pero nada grave. Dmitri y Luka lograron salir con vida, pero fue un baño de sangre, y los italianos nos estaban esperando, superándonos en número diez a uno.

Enviaron a muchos de sus asociados de bajo nivel, lo que hizo considerablemente fácil eliminarlos uno a uno.

—No me sorprende. Lucy se marchó hace un par de horas —dice Mikhail.

Mi mandíbula se tensa.

—¿Se marchó? ¿Adónde demonios fue?

¿Mikhail la dejó irse? Se suponía que debía quedarse en el complejo, donde estaba segura.

—Al aeropuerto, y antes de que digas nada, hice que uno de nuestros hombres averiguara en qué vuelo se montó.

—¿Y no crees que los italianos podrían hacer lo mismo? —Me paso los dedos por el pelo y hago una mueca, sin darme cuenta de que tengo una abrasión en la frente. El dolor es leve comparado con el dolor en mi pecho—. ¿Adónde fue? Va a conseguir que la maten a ella y a su hijo si no tiene cuidado.

—Voló a O'Hare —dice Mikhail.

Justo como sospechaba, no se escaparía de vacaciones ni se escondería sin su hijo.

—Necesito conseguir un vuelo a Chicago esta noche.

—¿Estás seguro de que vale la pena? —pregunta Mikhail—. Te estoy dando un pase libre. Sé lo que dije sobre hacerte pagar por las cerraduras, la seguridad, la instalación de la valla... —se detiene.

Si esta es su manera de disculparse, es lo más cercano que llegaré a escuchar de Mikhail.

—Iba a hacerla pagar por ello —digo—. Iba a trabajar para mí en el club. —Al menos esa había sido mi intención anoche, hasta que la mierda explotó frente a mí, y ahora, estoy considerando ir tras ella.

¿Qué demonios estoy haciendo?

—¿Ir tras ella es estrictamente por negocios? —pregunta Mikhail. Su mirada me dice que no se cree mi montón de tonterías, pero él no es quien necesita ser convencido.

No le respondo.

—No puedo ir al aeropuerto con ropa ensangrentada.

Me apresuro a subir las escaleras para vestirme y asearme. Me meto en la ducha antes de que el agua esté caliente y hago una mueca.

Está helada y quema cuando penetra en mi piel hasta que el agua se calienta. La sangre se escurre por el desagüe, y tan pronto como está caliente, cierro la ducha, me seco y me pongo un traje limpio y fresco.

Mikhail llama a la puerta de la habitación, y yo la abro de un tirón, con un par de calcetines negros en la mano.

—No sé cómo pretendes encontrar a Lucy, pero tengo a mi piloto listo, y te esperará en el aeródromo.

Respiro con alivio al saber que no tendré que pasar por la TSA ni por ningún control de seguridad. Aunque siempre prefiero volar en privado, no depende de mí. Es el avión y el piloto de Mikhail.

—Gracias, señor.

—¿Siquiera sabes cómo encontrarla? —pregunta Mikhail.

Cojo mi teléfono del mostrador del baño junto con mi ropa ensangrentada. Abro la aplicación de seguimiento, pero no me da mucha información. Todavía está en ruta hacia Chicago. Su última ubicación conocida fue el aeropuerto.

—Sí, le puse un rastreador en su llavero anoche.

Los italianos probablemente descartarán su teléfono. Es menos probable que busquen un rastreador en sus llaves. Los superamos en términos de tecnología y equipo de vigilancia.

—¿Estás seguro de que vale la pena el problema? ¿Sabes qué? No importa. —Niega con la cabeza, claramente sin querer que responda—. Está claro que tienes *algo* por la chica.

Abro la boca para objetar. No es que seamos los buenos, yendo en misiones de rescate para salvar a damas hermosas. Puede que tenga razón; mis motivos no son altruistas. Pero no es algo en lo que quiera pensar demasiado.

Agarro un juego de llaves para la camioneta y me apresuro hacia el garaje, saltando al asiento del conductor. Pulso el botón para abrir el garaje y salgo a toda velocidad. Anton está operando la puerta, y la abre, dejándome pasar antes de que tenga tiempo de reducir la velocidad.

Me dirijo hacia el aeropuerto regional, donde se guarda el avión privado de Mikhail. El piloto ya está en el avión cuando llego, haciendo sus comprobaciones previas al vuelo. No tengo equipaje, nada que llevar conmigo aparte de mi teléfono y las armas que llevo encima.

Tomando asiento en el cuero beige, dejo que el piloto se encargue de llevarnos a Chicago. No hay mucho que pueda hacer más que sentarme y esperar.

No soy un hombre paciente. Odio esperar.

El único placer que tengo en esto es que Lucy no me lleva tanta ventaja. Tiene un par de horas de ventaja, pero estaré en Chicago esta noche y la encontraré.

Después del despegue, abro la mini-nevera y me sirvo una bebida y un tentempié. No es probable que cene esta noche, y estoy famélico después del tiroteo.

Estoy inquieto y nervioso hasta que finalmente aterrizamos y puedo rastrear su ubicación una vez más. Ya hay un coche de alquiler esperándome cuando llegamos.

Con una mirada a mi teléfono, es obvio que su teléfono móvil no tiene recepción. Debe haber sido descartado porque su última ubicación conocida está en algún lugar al lado de la interestatal. Aun así, el rastreador que escondí en sus llaves la noche anterior cuando las tuve en mi poder ubica su última posición conocida en medio de la nada, al menos a una hora al suroeste de la ubicación del teléfono móvil.

No hay ninguna señal emitiéndose actualmente, pero si tengo suerte, está retenida donde se emitió su señal por última vez.

Me apresuro en dirección a su paradero, sin saber qué encontraré. Su hermana e hijo residen en la ciudad. Estoy viajando en dirección opuesta. Con suerte, no se dio cuenta del rastreador y se deshizo de sus llaves entregándoselas a algún pobre tipo en su vuelo para despistarme.

¿Sería capaz de hacer eso?

Me precipito hacia la ubicación y, a medida que me alejo de la ciudad, hay más tierras de cultivo y campos abiertos. Ningún signo obvio de Lucy o de la mafia deshaciéndose de un cuerpo. Mi estómago se revuelve. Está oscuro afuera, y no hay luz de luna, solo un cielo espeso y nublado y unas pocas gotas de lluvia que golpean el parabrisas.

Salgo de la autopista y sigo hasta su última ubicación conocida, una granja. El camino es oscuro, apenas iluminado y bastante difícil de encontrar. Pero no soy el único que está en la casa.

Media docena de vehículos están aparcados frente a ella, con los faros encendidos. Hombres armados disparan contra la puerta principal, las balas destrozan el revestimiento de madera, acribillando el edificio.

Pongo el motor en punto muerto y salto del vehículo, empuñando mi pistola. Un hombre sensato huiría, daría media vuelta con el coche y saldría pitando de allí antes de que notaran siquiera que había un testigo.

No es que les importen los testigos o ir a prisión. Matarán a cualquiera que se interponga en su camino.

No tengo el más mínimo miedo a la muerte. Desenfundo mi pistola y disparo varias veces, abatiendo a tres hombres antes de que desvíen su atención de la granja hacia mí.

Estoy atrapado bajo el fuego.

Quien esté dentro de la casa responde disparando a los hombres, descargando varias rondas, obligando a la mafia a volver a centrar su atención en la granja. Con sus espaldas hacia mí, logro impactar con varias balas más en los hombres mientras usan sus vehículos para protegerse de la ráfaga de disparos procedente del primer piso de la casa.

Los cuerpos se amontonan en el camino sin asfaltar. Sin duda, vendrán más hombres, buscando a Lucy y a su familia.

Hay silencio desde el interior de la casa. El tiroteo cesa cuando la mafia deja de disparar contra la granja.

—¡Lucy! —grito en la oscuridad y me dirijo con cautela hacia la granja. No pretendo que me disparen, pero no sé qué les ha contado ella a su hermana sobre mí o quién empuña el arma que me salvó el trasero cuando me estaban disparando—. Soy yo, Nikita —digo—. Estoy aquí para protegeros.

—¡No des un paso más! —me grita una voz masculina—. O te dispararé.

¿Quién demonios es ese?

—Está bien. —La voz de Lucy es suave y tranquilizadora mientras la oigo decirle al hombre que hay dentro que no soy peligroso para ella.

Es demasiado confiada. Pero no voy a hacerle daño.

Hay un breve intercambio entre ellos antes de que él diga:

—Puedes entrar, pero no con tu arma. Entregarás tu pistola en la puerta.

No me gustan las condiciones, y tengo la tentación de disparar al imbécil que me impide entrar en el lugar. Pero él estaba protegiendo a Lucy de los hombres armados, y no estaría mal tener otro asesino entrenado cuando regrese la mafia, porque no van a dejar a Lucy en paz hasta que consigan lo que quieren. No les importa que ella no lo tenga. Los bastardos son persistentes.

—De acuerdo —digo y gruño. Quito el cargador y las balas de mi pistola. Me dirijo hacia la puerta principal, y los escalones de madera crujen y gimen bajo mi peso. No estoy seguro de cuánto tiempo más será habitable la granja. Las balas acribillaron las paredes. Al amanecer, los daños serán más obvios y evidentes, pero no deberíamos quedarnos hasta el amanecer.

La mafia ha rastreado a Lucy. Necesito llevarla de vuelta a Nueva York, donde puedo protegerla.

Descargo el cargador y el cañón antes de entregar mi arma, dejándola inútil para el hombre que vigila la puerta.

—¿Quién eres? —pregunto, examinándole. No es de la mafia, ni de la bratva, ni de ninguna otra organización que yo reconozca. Si fuera un federal o un policía, habría otros agentes rondando por el lugar.

Lucy está justo fuera de mi alcance, con los brazos cruzados sobre el pecho. Otra mujer joven lleva a un niño pequeño en brazos. Esa debe ser la hermana de Lucy y Zion, el hijo de Lucy.

La casa está oscura, lo que dificulta ver más allá de las siluetas.

—¿Qué estás haciendo aquí? —pregunta Lucy.

El caballero ignora mi pregunta en favor de la de Lucy.

—Vengo a llevarte a ti y a tu familia a casa —digo—. No es seguro estar en Chicago con la mafia persiguiéndote.

—¿Y tú puedes protegerla? —pregunta el hombre que está junto a la puerta.

—Mejor que tú —le espeto—. Nos vamos a casa.

—No voy a dejar atrás a mi hermana o a mi hijo. —Lucy da un paso atrás hacia su hermana.

Ya los ha puesto en peligro al involucrar a su hermana y traer a su hijo a Chicago.

—Bien. Hay suficiente espacio en el jet privado para regresar a Nueva York.

—No te los vas a llevar a ninguna parte —dice el hombre.

La hermana de Lucy le entrega el niño pequeño a Lucy y avanza decidida hacia el extraño hombre en la puerta. Parece conocerlo mientras apoya una mano en su brazo.

—No podemos quedarnos aquí, Declan.

—Entonces, vuelve conmigo a Breckenridge —dice Declan.

—¿No es de allí de donde vienes? —pregunto, lanzando una mirada en dirección a Lucy—. Si yo tengo esa información, también la tiene la mafia. Estarán esperándoos con hombres en Breckenridge en el momento en que pongáis un pie en la ciudad.

—¿Qué se supone que debo hacer? —pregunta Lucy. Acuna a su niño. No está ni remotamente dormido. Sus ojos brillan y están muy abiertos mientras se agarra a su madre, con los brazos alrededor de su cuello y las piernas alrededor de su cadera.

Me preocuparía si no estuviera aterrorizado después de lo que acaban de sufrir.

—Puedo protegeros en el complejo —digo—. Trabajas para mí, Lucy. Protegemos a nuestra familia. —Le había prometido un trabajo en el club; eso la convierte en una empleada.

Los ojos de Declan se entrecierran mientras me examina.

—Eres de la bratva rusa. —Hay disgusto en su voz. Le horroriza quién soy. Pero no sabe nada de mí.

—Y tú nunca sabrás lo que es tener hermanos que te apoyen. Tenemos que irnos ya. —Clavo mi mirada en Lucy—. La mafia traerá refuerzos. Enviarán más hombres a este lugar cuando no os entreguen a su líder.

Lucy emite un suspiro profundo. Tiene que saber que tengo razón.

—Nikita tiene razón. Necesitamos cambiar de ubicación, pero yo puedo proteger a las chicas —dice Declan.

—Lucy viene a Nueva York. —No voy a discutir con él. No es negociable—. Si quieres jugar a ser un *boy scout* y acompañarnos, adelante.

Se burla de mi sugerencia.

—¿Qué tal si dejamos que ella decida?

Declan y yo dirigimos nuestra atención a Lucy. Su mirada es vacilante mientras nos mira a él y a mí alternativamente.

—Necesitamos poner fin a esto —dice Lucy—. No voy a pasar mi vida escondiéndome, fingiendo ser otra persona, siempre teniendo que mirar por encima del hombro.

—Podemos protegerte —dice Declan—. Esto es a lo que me dedico, trabajo como guardaespaldas, ayudo con investigaciones privadas y seguridad. Tengo todo un equipo que puede protegerte.

—Voy con Nikita —dice Lucy—. Y me llevo a Zion conmigo.

—Tu hermana también tiene que venir —digo.

No hay posibilidad de que deje atrás a la hermana de Lucy. Nunca me lo perdonaría si le ocurriera algo.

—Me llamo Katie —dice la chica y se acerca a mí, plantándose cara a cara. Es unos centímetros más baja que Lucy, pero la verificación de antecedentes que hice indicaba que era mayor por un par de años. Hay fuego detrás de su mirada, una determinación que me advierte que no va a hacerme la vida más fácil—. Y voy a ir a Breckenridge con Declan, donde él puede protegerme.

—No estás más segura con él —digo, mirando en dirección a Declan. Logró mantener el fuerte hasta que yo aparecí. Pero eso no significa que vaya a tener suerte de nuevo—. La mafia irá tras de ti porque eres importante para Lucy. Cualquiera que le importe a Lucy está en peligro.

Katie abre la boca y rápidamente la cierra con un profundo suspiro.

—No voy a separarme de Declan. Voy donde él vaya.

Él la rodea con un brazo, atrayéndola contra sí.

—Deberíamos dirigirnos a Breckenridge —dice.

Me burlo de su sugerencia. Está arriesgando la vida de Katie, pero no es mi trabajo convencerlos para que nos acompañen. Quizás sea mejor que se vayan de Chicago. La mafia puede querer llegar hasta Katie, pero su prioridad será Zion, el hijo de Lucy. Y si Katie tiene su propio equipo de seguridad cuidándola, es una persona menos de la que tengo que preocuparme.

No estoy del todo de acuerdo con la idea de que Katie no nos acompañe, pero no es mi decisión. Es suya.

Katie le da un rápido beso en los labios a Declan antes de separarse de su abrazo.

—Me voy con Declan a Breckenridge. —Atrae a Lucy hacia sus brazos para despedirse—. Deberías venir con nosotros —susurra demasiado alto.

—Tenemos que irnos —digo y extiendo la mano para que Declan me devuelva mi arma—. Mi pistola.

Me entrega la pistola vacía, ofreciéndome la culata. Deslizo el cargador en la pistola, asegurándome de que el arma esté lista cuando surja la necesidad. No quiero que me pillen desprevenido.

Lucy le da un último abrazo a su hermana y lleva a Zion a mi coche de alquiler.

Abro la puerta trasera, y ella lo abrocha en el asiento. No hay silla elevadora. Tendremos que arreglárnoslas. Lucy no dice una palabra. Se desliza en el asiento trasero junto a Zion, y yo cierro la puerta, dirigiéndome al lado del conductor.

El silencio llena el vehículo mientras me alejo de la maltrecha granja.

—Los italianos estaban en el aeropuerto —dice Lucy.

La miro por el espejo retrovisor. Sus ojos verdes están muy abiertos, llenos de inquietud. No tiene nada de qué preocuparse mientras esté conmigo. Puedo protegerla.

—Bien. Que sigan vigilando el aeropuerto —digo.

—¿No volvemos a Nueva York?

—Sí, pero no volaremos en un avión comercial. —Me dirijo a la carretera principal y tomo rumbo hacia la interestatal. Cuando estoy seguro de que no nos siguen, llamo a Mikhail y le pido que su piloto nos espere en la pista de aterrizaje.

Es hora de volver a casa.

Zion duerme profundamente durante todo el vuelo y el trayecto en coche hasta el complejo. Miro por el retrovisor mientras llegamos a la casa. Solo hay una salida. La mafia no va a echarse atrás. Necesito ver a Aleksandra cara a cara.

—Déjame ayudarte —ofrezco mientras abro la puerta trasera. Lucy sale del vehículo, y yo levanto a Zion del asiento y lo llevo dentro de la casa.

Lucy tiene el ceño fruncido y su labio inferior atrapado entre los dientes. No quiere que me acerque a su hijo, pero soy su mejor opción para protegerlo.

La guío hacia el interior de la casa. El sol ya está en alto, y Zion se remueve en mis brazos. El niño ha conseguido dormir más de lo que pensaba, pero también ha pasado por una experiencia traumática para un niño de seis años.

Lucy ahoga un bostezo. Tiene los ojos cansados, recelosos. Debe estar agotada.

—¿Adónde vamos? —pregunta.

—Te enseñaré tu habitación. —Ni siquiera he consultado con Mikhail, pero si tengo que ceder mi alojamiento a Lucy y Zion, dormiré en el sofá del despacho. Mientras tanto, me dirijo a una habitación vacía.

Mikhail tiene más habitaciones que invitados. En todos los años que he trabajado para la bratva, nunca he visto la casa llena.

Abro la habitación vacía pero no me molesto en encender la luz. Hay suficiente luz solar entrando por las cortinas abiertas. Hay una cama, de matrimonio, apoyada contra la pared.

—Haré que traigan una cama individual —digo.

Hay al menos dos colchones individuales de cuando Liam y Sophia, los gemelos de Aleksandra, vivían bajo el techo de Mikhail. Tendré que sacar una de las camas del almacén, pero estoy seguro de que Lucy apreciará no tener que compartir cama con su hijo.

—No tengo sueño —murmura Zion y se retuerce para soltarse de mi agarre. Pongo sus pies en el suelo de madera, y él corre hacia Lucy.

—Uno de nosotros durmió lo suficiente anoche —murmura Lucy y se frota los ojos para despejarse.

Lucy fuerza una sonrisa a través de su mirada cansada. Está exhausta, pero yo no tengo ni idea de cómo vigilar a un niño de seis años. Además, dudo que confíe en mí para cuidarlo mientras ella duerme unas horas.

Levanta a Zion y lo coloca en el colchón antes de alcanzar el mando a distancia del televisor fijado a la pared.

—Quizás podamos encontrar dibujos animados —dice Lucy.

Lucy lucha por mantener los ojos abiertos. No es la única. Fue una noche larga, sin contar el tiroteo en la granja a las afueras de Chicago. También nos tendieron una emboscada en el motel. Yo también podría echar una siesta.

—Mamá, quiero ir al parque —dice Zion. Se baja del colchón, sin interés en ver la televisión.

—Después del desayuno —dice Lucy. Hay una lucha interna. Anhela dormir, pero no quiere decepcionar a Zion. O quizás sabe que él no la dejará dormir.

—Se supone que va a llover —digo, aliviado de no tener que ser el malo que le dice al niño que no puede ir al parque porque no es seguro. Al menos podemos culpar al tiempo.

La nariz de Zion se arruga, y hace un puchero.

—Estoy aburrido.

—¿Qué tal si vemos si hay dibujos animados ahora mismo? —pregunta Lucy, intentando de nuevo que se tranquilice y vea la televisión. Probablemente piensa que podrá dormir un rato si él está en la habitación con ella, entretenido.

Zion trepa al borde del colchón, con los pies colgando mientras Lucy cambia los canales de la televisión.

Los dejo solos, cerrando la puerta del dormitorio para mantenerlos fuera de problemas y confinados en su habitación mientras hablo con Mikhail sobre tener invitados bajo su techo. Bajo las escaleras y ni siquiera llego al final cuando veo al jefe subiendo los peldaños.

—Oigo que tenemos compañía —dice Mikhail.

¿Qué esperaba que sucediera después de la emboscada en el motel y de pedir prestado su avión privado para ir a Chicago?

—Así es. Los he instalado en una de las habitaciones de invitados. Le pediré a Luka que me ayude a traer el colchón individual del almacén para el niño.

—¿Y qué hay de la hermana? —pregunta Mikhail. Va dos pasos por delante, pero es una preocupación menos para todos nosotros respecto a Katie.

—Decidió volver a Breckenridge con su novio. —No voy a dar detalles sobre Declan o sobre que el novio de Katie trabaja en seguridad. Me ayudó. Lo mínimo que puedo hacer es librarle de problemas. De lo contrario, Mikhail querría que trajera a Declan para interrogarlo. No estoy interesado en tomar prisioneros ni en destruir la familia de Lucy.

Mikhail exhala un profundo suspiro mientras bajo los últimos escalones.

—¿Y el niño? ¿Cómo está?

—Bien, considerando que anoche acribillaron la casa cuando llegué.

—Joder, bueno, es bueno que lograras sacar a Lucy y a su hijo con vida. Pueden quedarse en la suite de invitados hasta que decidamos nuestros próximos pasos respecto a los Moretti.

—Sobre eso, señor. Estaba pensando que podría ser buena idea hacerle una visita a Aleksandra.

—¿Quieres hablar con mi hermana? —Mikhail se frota la cara con una mano. Parece tan agotado como yo me siento al mencionar a Aleksandra.

—Está involucrada. La vi ayer cuando Lucy huyó a pie mientras estaba en el club.

Las manos de Mikhail caen a sus costados.

—Maravilloso. —No está nada contento con la noticia. No mantiene contacto con Aleksandra. Tomaron caminos separados después de que ella se involucrara con la mafia. Están casados o a punto de casarse; no he seguido exactamente el rastro de esa fierecilla.

Pero Mikhail no puede estar encantado de que mencione su nombre y planee visitarla. Casi espero que me prohíba verla, pero no es una visita social.

—Haz lo que debas, pero con cuidado. No quiero tener que recuperar tu cadáver.

Preferiría no visitar a Aleksandra, pero mis opciones son limitadas respecto a cómo manejar esta situación con Lucy. Y no tengo la menor idea de cuánto tiempo me hará caso y permanecerá dentro de los límites del complejo.

Hago un poco de reconocimiento sobre Aleksandra y los gemelos, averiguando en qué colegio de primaria ha matriculado a Liam y Sophia. Estoy agotado y podría usar unas horas de sueño, pero renuncio a mis deseos por necesidad.

Proteger a Lucy y a Zion está en lo más alto de mi lista.

Cojo las llaves de la camioneta y conduzco hasta el colegio. Aleksandra debería estar dejándolos en cualquier momento. Me estoy arriesgando, suponiendo que los niños no van en autobús escolar.

Dudo que Antonio permitiera que sus hijos viajasen en autobús escolar. Estaría demasiado preocupado por su bienestar. Tiene más enemigos que la bratva.

Aparco a una manzana de distancia, en el espacio más cercano que encuentro, y camino el resto del trayecto. En cuestión de minutos, diviso a Aleksandra unos metros por detrás de Sophia y Liam, los gemelos apresurándose con sus mochilas a la espalda, corriendo hacia la entrada principal.

—¡Tío Nikita! —grita Sophia, con los ojos muy abiertos mientras corre hacia mí y me rodea con sus brazos. La niña ha crecido mucho en tan poco tiempo. ¿Cuánto ha pasado, casi dos años?

No soy técnicamente su tío, pero llevé a los gemelos al preescolar incontables veces. Pasé mucho tiempo con ellos, pero nunca de niñero.

Me agacho para abrazarla. Liam me mira de arriba abajo. No hay perdón en su mirada. Solo ira y amargura. Es el hijo de Antonio.

—Deberíais entrar. No queréis llegar tarde —le digo a Sophia.

—Te he echado de menos —dice Sophia antes de soltarse y agarrar la mano de Liam, arrastrándolo hacia las puertas abiertas.

Aleksandra deja de caminar, deteniéndose frente a mí. Su atención se centra brevemente en los gemelos mientras se asegura de que entran por las puertas del colegio antes de volver a fijar su mirada dura en mí.

—¿Qué haces aquí, Nikita?

—Estoy aquí con una advertencia. Necesitas dejar en paz a Lucy y a Zion. Odiaría pensar que algo pudiera pasarles a los gemelos.

—¿Es eso una amenaza? —gruñe Aleksandra y da un paso hacia delante, invadiendo mi espacio personal. No es de las que se echan atrás ante una amenaza o una pelea.

No quiero amenazar a sus hijos, pero si ella no tiene nada en juego y nada que perder, entonces no cooperará.

—Es exactamente lo que tú quieras que sea —digo —. Deja en paz a Lucy y a su familia. Zion no tiene lugar en vuestra lucha, como tampoco lo tienen Liam o Sophia.

Se muerde el labio inferior. Sus manos están cerradas en puños a los costados. Casi espero que me golpee, pero no lo hace.

—¿Por qué estás haciendo esto? —pregunto.

Aleksandra se burla de mi pregunta.

—Lucy trabaja para nosotros.

¿Eso es lo que piensa? La mafia la posee porque se metió en algo en lo que no debía.

—Ya no.

Sonríe con suficiencia y se encoge de hombros.

—Sabes la única forma en que la mafia dejará en paz a Lucy. —Su mirada penetrante hace que mi estómago dé un vuelco.

Lucy debe convertirse en parte de la bratva y no solo una empleada de bajo nivel. Es el trato que hicimos y por el que Lucy había entrado al complejo.

Antonio no podía enviar a un miembro de la mafia o a un asociado. Habría iniciado una guerra.

Hizo lo siguiente mejor, encontró a una chica en apuros y la usó para conseguir lo que quería.

—No eres dueña de Lucy.

—Tú tampoco —dice Aleksandra—. Si quieres que la dejen en paz, sabes lo que debes hacer. Cásate con ella.

CAPÍTULO NUEVE

LUCY

—Tenemos que hablar —Nikita irrumpe en el dormitorio sin llamar a la puerta.

Zion mira a Nikita antes de volver su atención a los dibujos animados en la pantalla.

—Vuelvo enseguida —digo, dejando un beso en la frente de Zion. Me bajo del colchón y salgo del dormitorio, cerrando la puerta tras de mí—. ¿Qué ocurre?

Nikita parece no poder quedarse quieto mientras permanece de pie en el pasillo. Está inquieto y ansioso. ¿Por qué?

—Necesitas casarte conmigo.

¿Ha perdido la cabeza?

—¿Perdona? —Me atraganto con mis palabras, con la boca seca ante su comentario. No puede estar hablando en serio—. ¿Por qué demonios me casaría contigo?

—Estoy intentando protegerte. Si somos familia, la mafia no os tocará ni a ti ni a Zion.

No le creo. Esto debe ser algún tipo de truco. ¿A qué juego está jugando, sugiriendo que nos casemos?

—¿No puedes amenazarles? ¿Decirles que nos dejen en paz?

—Ya lo he hecho —dice Nikita y se aclara la garganta—. Esta es la única opción.

—No voy a casarme contigo —digo, rechazando su oferta, si es que se puede clasificar como tal. Agarro el pomo de la puerta del dormitorio.

—Lucy, espera... —dice Nikita.

Le miro por encima del hombro y me giro para ver que ha abierto la tapa de una caja con un anillo de compromiso con diamantes.

—¿Has comprado un anillo? —Mi voz chirría. La adrenalina bombea a través de mí mientras intento recuperar el aliento—. Esto es una locura.

—Me gustas, *Malish*. Es un buen comienzo para un matrimonio.

—¡No, no lo es! Casarse con alguien por amor es lo normal. No por protección.

Hannah camina a zancadas por el pasillo, y su boca se cae al ver el anillo.

—¿En serio? ¿Le estás proponiendo matrimonio? ¡Luka! —grita y baja corriendo las escaleras—. ¿Cómo demonios se va a comprometer Nikita antes que nosotros?

Nikita se ríe ante el arrebato de Hannah. No le veo la gracia, pero Nikita se inclina hacia delante, sus labios rozando mi oreja.

—Interrumpiste la proposición de Luka la noche que intentaste robar en la casa.

—Oh. —Miro más allá de Nikita mientras Hannah baja apresuradamente las escaleras—. ¡No voy a casarme con él! —replico como si eso fuera a arreglar el drama entre Hannah y Luka.

Nikita no está pidiendo mi mano porque me ame o quiera pasar su vida conmigo. Es por algún deber heroico, lo que me resulta difícil de creer, teniendo en cuenta que es bratva.

—Sí, pero al menos él preguntó. —Hannah parece no poder dejarlo pasar.

A Luka le espera un mundo de dolor.

—Vamos, hablemos —dice Nikita y toma mi mano. Tira de mí para que le siga por el pasillo.

Miro hacia atrás al dormitorio donde está Zion.

—Estará bien.

Las palabras de Nikita no son tan reconfortantes como esperaba, pero Zion está ocupado y no es probable que deambule por los pasillos a menos que necesite algo.

—Vale, pero solo durante unos minutos —insisto y sigo a Nikita escaleras arriba hasta su habitación—. ¿Qué hacemos aquí? —Hago lo posible por no quedarme embobada con el tamaño de su dormitorio. Es al menos el doble de grande que el mío. Me dirijo a la ventana, mirando hacia el jardín. Es bastante hermoso, no es que se lo fuera a admitir.

—Estoy preocupado por Zion y por ti —dice Nikita. Tiene el ceño fruncido y su labio inferior sobresale mientras habla—. La mafia no se detendrá. Aleksandra dejó claro que trabajas para ellos a menos que seas una de los nuestros.

No quiero ser bratva. Tampoco deseo ser propiedad de nadie ni trabajar para la mafia.

—Entonces me iré. Me fugaré con Zion.

—Y ellos os darán caza —dice—. Ya no se trata solo del cuadro o del contenido que escondía.

No me dice qué había dentro del cuadro, pero sé que era valioso. Tenía órdenes de desmontar el cuadro y llevar el contenido interior directamente a Antonio. No se suponía que me atraparan.

—No tengo lo que quieren. ¿Por qué no van a por ti o a por Mikhail? —pregunto. Si él dirige la bratva, ¿no deberían ir a por él? ¿Por qué yo?

—Había una tregua entre la bratva y la mafia. Tienes que elegir un bando, Lucy. O ellos o nosotros.

—¿Y si no elijo?

—Vendrás a trabajar para mí, como discutimos en el club. Haré lo que pueda para protegerte.

—Tengo un trabajo, y me pagan —digo.

Aunque el sueldo no es mucho, es suficiente para mantener un techo sobre mi cabeza y comida en la mesa. Nikita me había advertido que trabajaría bajo sus órdenes para pagar mi deuda por lo que hice aquel día, robar su llave y allanar la propiedad.

—Y la mafia sabe dónde trabajas. En el minuto en que pongas un pie en esa cafetería, estarás prácticamente muerta. ¿Quieres dejar a tu hijo sin madre?

Se me corta la respiración. Sus palabras son como una daga que atraviesa mi corazón. Al menos, mi hermana cuidaría de Zion y lo criaría como propio. Pero esa no es su responsabilidad, ¿y quién dice que la mafia se detendrá con mi muerte?

—Me quedaré aquí, donde Zion está a salvo, pero no voy a casarme contigo. —Si piensa que puede reclamar mi corazón, está muy equivocado.

Nikita no parece sorprendido por mi reacción. Cierra de golpe la tapa de la caja que contiene el anillo de compromiso.

—No debería sorprenderme, pero esperaba que entrases en razón y te dieras cuenta de que el matrimonio no es más que un contrato vinculante. Haré lo que pueda para protegerte, *Malish*, pero la mafia no se va a rendir.

—Espero que te equivoques —digo—. No tengo el cuadro ni el contenido que quieren. Ni siquiera estoy completamente segura de lo que se suponía que debía encontrar dentro del cuadro.

—No te obligaré a casarte conmigo, pero debes jurar lealtad a la bratva si vas a vivir bajo este techo. Mikhail te ejecutará a ti y a tu hijo si lo traicionas.

¿Ejecutará?

—Te soy leal. Ni siquiera soñaría con traicionar a nadie —digo. No quiero tener nada que ver con la mafia o la bratva. Quedarme aquí es un medio para un fin. Nikita está dispuesto a ofrecerme protección, y haré cualquier cosa para mantener a Zion a salvo.

Incluso si eso significa casarme con Nikita, pero no estoy lista para admitírselo.

No me entusiasma dejar a Zion en la casa, pero Hannah y Madisyn insistieron en que podían vigilarlo mientras trabajo. Él parecía bastante emocionado por jugar con Kira, y aunque ella es más pequeña que él, no pareció molestarle su edad.

—Voy a dejarte en el club —dice Nikita mientras me lleva al trabajo.

—¿No tienes que estar allí? —pregunto. Mi estómago se revuelve ante la idea de que todo sea una trampa. No, Nikita no haría eso. Juró protegerme —. ¿Quién va a formarme? —No es que no pueda manejar llevar bebidas y servir a los clientes, pero pensé que me vigilaría mientras trabajaba.

Las manos de Nikita se tensan sobre el volante mientras me lanza una mirada fulminante. No está nada contento con mis preguntas.

—Estoy seguro de que puedes averiguar cómo tomar pedidos de bebidas. No te pondré a trabajar de camarera. Además, tengo algo más urgente que resolver.

No elabora más.

Nikita me deja en la entrada trasera. No espera a que entre por la puerta. Es lo suficientemente inteligente para darse cuenta de que esta vez no voy a escaparme. Mi hijo está en su casa. Irme no es una opción.

La música palpita por todo el club. Hay un puñado de clientes, pero el lugar no está abarrotado, no como cuando estuve aquí la última vez y me topé con Nikita.

Me dirijo por el pasillo, y otro hombre, ruso, me agarra del brazo. Lo reconozco de la casa. Lo he visto por ahí, pero no lo conozco, aparte de que creo que puedo confiar en él. No está con la mafia.

—Necesitas prepararte —dice y me lleva al vestuario, abriendo la puerta donde un puñado de chicas están desvistiéndose y poniéndose sus uniformes.

Aunque el club no es de *striptease*, hace alarde de sus bailarinas con tangas y tops de bikini que apenas cubren sus pezones.

—Nikita me ha puesto de camarera —digo, dejando claro que no estoy aquí para bailar.

—Dos de nuestras bailarinas han llamado diciendo que están enfermas. Una tercera ha dejado el trabajo. No necesito una camarera. Necesito una bailarina —dice, mirándome de arriba abajo—. Tú servirás.

—No, no lo haré.

—No te estoy preguntando —dice y coge un traje plateado brillante del perchero, lanzándomelo—. Prepárate o lárgate.

Preferiría largarme, pero Zion está en la casa con la bratva. ¿Hay elección? Cedo, me desvisto, y me siento aliviada cuando el ruso sale del vestuario.

—No es tan malo —dice una de las chicas mientras se aplica un grueso delineador, acentuando sus ojos azul cielo—. Las propinas lo compensan, y la mayoría de los tipos son bastante amables. Soy Ava —dice.

—¿La mayoría? —grazno. Mi corazón golpea mi caja torácica—. Nunca he bailado antes.

—Una virgen —dice la otra chica y sonríe—. No se lo digas a los chicos; estarán compitiendo por tu atención toda la noche, y perderemos nuestras propinas.

—No hagas caso a Bailey —dice Ava—. Solo está

celosa de que Anton te haya elegido personalmente para bailar. Eso es todo un cumplido.

—No se siente como tal —murmuro.

No me siento nada cómoda con mi atuendo: un tanga plateado y un bikini triangular que cubre mis pezones, pero hay mucho escote lateral visible, por no mencionar el resto de mi pecho que se tensa contra el material.

¿Ambas chicas trabajan voluntariamente en el club?

No pregunto. Es mejor no saberlo. Además, no quiero poner sus vidas en peligro por mis errores.

Bailey y Ava salen del vestuario. Mis pies están prácticamente pegados al suelo. No quiero moverme, y desde luego no quiero bailar para hombres que me miran lascivamente, observándome como si fuera un trozo de carne. Nunca me ha gustado ser el centro de atención o estar en el punto de mira.

Esto va mucho más allá de mi zona de confort hacia algo completamente distinto. Pero, ¿qué opción hay? Necesito proteger a Zion, y si eso significa seguir las reglas, haré lo que tenga que hacer.

¿Planeó Nikita esta farsa? ¿Conseguir que trabajara en el club y obligarme a bailar? Quizás no quería admitir que quiere verme con poco más que un tanga y convenció a su amigo Anton para que me diera órdenes.

Si Nikita quisiera que bailara, me habría dicho directamente que ese era mi trabajo. El hombre no evade la verdad, no cuando quiere algo. Es contundente, brusco y no se disculpa en lo más mínimo. No lo culpo por quien es. Es bratva. Al menos sabe lo que quiere.

¿Yo? Solo quiero sobrevivir y proteger a mi hijo a toda costa.

Anton mete la cabeza en el vestuario sin avisar.

—Vamos, chica nueva. Mueve tu trasero a la plataforma central.

—¿Perdona? —¿He oído bien? Hay varios postes y lugares para bailar dentro del club, pero la plataforma central es el corazón del club y el punto focal. Me agarra del brazo y me empuja fuera del vestuario, dejándome ver el escenario donde se espera que baile—. ¿No debería estar reservado para Ava o Bailey? —pregunto.

La plataforma es dos veces más grande que los otros puestos de baile. Hay una mesa posicionada alrededor de la plataforma central, con sillas para que los clientes miren y se entretengan.

No quiero bailar, y menos aún con este diminuto conjunto que cubre muy poco y no deja casi nada a la imaginación.

—Sube a la plataforma —me grita Anton, tirando de mi brazo y arrastrándome al escenario.

Puede que no haya muchos clientes, pero no importa. Todos en el club me están mirando. Anton me ha humillado. Tengo las mejillas ardiendo y quiero dar patadas al suelo y montar una rabieta para escapar de este desastre en el que me encuentro sepultada.

La música suena por los altavoces, con un ritmo intenso que hace vibrar el suelo de la plataforma. Me han dado tacones de aguja para llevar y, aunque me quedan un número pequeños, al menos no se me saldrán y acabaré dándole a algún tipo un zapatazo en la cabeza durante el baile.

Aunque, pensándolo bien, quizá debería considerar un poco de hostilidad cuando actúe; cualquier cosa para que me echen de aquí. Preferiría estar de vuelta en la casa, encerrada, antes que ofreciendo un espectáculo a hombres salidos.

—¡Baila! —grita Anton cuando no me muevo de mi posición en la plataforma. Me siento como un fideo mojado. No tengo ni pizca de gracia o sensualidad. Bueno, no me considero sexy. Tengo caderas y curvas. Tuve un hijo y nunca volví a ser una talla 34. Esos días quedaron muy atrás.

Muevo las caderas al ritmo de la música, y un grupo de tipos silban y me piropean por mis movimientos. No me gusta la atención, pero a Anton le importa una mierda lo que yo quiera. Agarra el micrófono, decidido a humillarme aún más.

—Un aplauso para nuestra virgen de la pista de baile, Layla.

¿Todas las chicas tienen nombres falsos de bailarina? No es mala idea. Yo bailando en el escenario, sin embargo, sí lo es.

Un puñado de tipos vitorean y aplauden. Toda la atención está puesta en mí, incluida la de Bailey y Ava. Ambas me lanzan miradas asesinas, junto con un grupo de otras bailarinas que no he conocido, todas mujeres, todas con atuendos similares y prácticamente desnudas.

Cada canción se hace más fácil: bailar, mecerme, mover las caderas y aceptar propinas de hombres borrachos en busca de un poco de placer. No lo odio tanto como pensaba, no a medida que la noche se vuelve más ruidosa y animada.

Puede que esté en el centro del escenario en la plataforma central, pero no toda la atención está en mí. Es un alivio bienvenido poder bailar y fingir que nadie me está mirando.

Pero sí me están mirando, con miradas que se prolongan más de lo que deberían, examinando cada centímetro de mi piel desnuda.

Echo un vistazo a Bailey mientras se agacha en la plataforma, permitiendo que los hombres alcancen su tanga e inserten un fajo de billetes. La imito como si fuera una obra de arte y reproduzco la maniobra. Un hombre con nariz afilada y pelo fino y canoso me da una palmada en el culo mientras coloca un billete de un dólar en mis bragas.

—¿Cuánto para comprarte toda la noche? —

pregunta. Su voz es áspera y me provoca un escalofrío inquietante por la espalda.

—Ella no está en venta —gruñe Nikita, agarrando al hombre por las solapas y propinándole un puñetazo en la mandíbula antes de sacarlo por la puerta.

¿Cuándo ha llegado Nikita?

El club está abarrotado, y con el foco rotando entre las plataformas, es difícil ver más allá de unos metros frente a mí. Supongo que es a propósito. Quieren que preste atención a los clientes dispuestos a dar propina.

Nikita regresa furioso, con la cara roja mientras se acerca a la plataforma, pero se queda de pie en el suelo debajo de mí.

—¡A mi despacho, ahora! —espeta.

Se me corta la respiración, y él me ofrece su mano, ayudándome a bajar de la plataforma. No parece nada contento de verme. ¿Cree que no sirvo como bailarina? ¿No está satisfecho con mi actuación? Yo no pedí esto. No pedí nada de esto.

Su mano es cálida y fuerte. Me ayuda a bajar y no

suelta mi mano hasta que estamos arriba, en su despacho. Cierra la puerta de golpe tras nosotros.

—¿Qué demonios estabas haciendo?

—Bailando —susurro, sorprendida por su tono y su enfado. Tiene la cara roja y sus fosas nasales se dilatan mientras me mira de arriba abajo—. Anton me dijo que tenía que bailar. Que necesitaba una chica para cubrir la pista.

Nikita se ríe sombríamente y se pasa una mano por el pelo. Se acerca más, invadiendo mi espacio personal. Huele a almizcle, y no lo hago intencionadamente, pero inhalo, aspirando su aroma masculino. Mi interior se derrite, pero oculto mi deseo, no es que haya mucho que ocultar. ¿Puede ver la humedad entre mis muslos?

—No volverás a bailar en mi club jamás. —Nikita está furioso, y da un paso atrás, recorriendo su despacho de un lado a otro. Se quita la chaqueta y me entrega su traje—. Ponte esto.

¿Le avergüenza mirarme?

—Siento no parecerme a tus otras chicas. Como Ava y Bailey. —Meto los brazos en las mangas y me ajusto bien la americana sobre el pecho, cruzando los brazos. Todavía me siento desnuda bajo su escrutinio.

—¿Crees que es por eso que estoy enfadado? —Nikita me agarra la barbilla, sus ojos clavándose en mí mientras su mirada se detiene en mis labios—. Ningún hombre merece mirarte como si fueras un pedazo de carne y ellos estuvieran hambrientos.

—Dudo seriamente que alguien me estuviera prestando tanta atención —desestimo su comentario. Unos cuantos tipos me miraban lascivamente, pero no soy la chica más atractiva de abajo, ni la mejor bailarina.

—Nadie debe mirarte como te miro yo —dice Nikita.

Se me corta la respiración.

—¿Perdona? —balbuceo. Tengo la boca seca, y Nikita avanza hacia mí. Doy un paso atrás, chocando contra la puerta cerrada. Aspiro bruscamente, y Nikita parpadea varias veces antes de apartarme y salir precipitadamente del despacho, cerrando la puerta de un portazo tras él.

¿A qué ha venido eso?

CAPÍTULO DIEZ

NIKITA

Casi la beso.

Y no es lo único que quería hacer, viendo a Lucy bailar en esa plataforma, moviendo esas sensuales caderas, con sus pechos respingones asomándose por la pequeña franja de tela que cubría su cuerpo.

¿En qué demonios estaba pensando Anton al subirla al escenario para bailar?

La guío a un lado y salgo de mi oficina antes de que mi furiosa erección me obligue a hacer algo de lo que me arrepienta.

Lucy no ha dado ninguna indicación de que le gusto o que quiera tener algo que ver conmigo. Solo sigue aquí porque necesita mi protección. Y no estoy dispuesto a manchar mi reputación o herirla por algún instinto animalesco dentro de mí. Aunque sea jodidamente excitante verla y haga que mi polla palpite con el movimiento de sus caderas.

Bajo furioso las escaleras y encuentro a Anton en la pista del club. Lanzo mi puño y le asesto un golpe en la cara.

—¿Qué coño te pasa, tío? —grita. Anton es lo suficientemente listo como para no devolver el golpe. No a menos que quiera acabar muerto.

—¡La has puesto a bailar en la pista!

—¿A quién? —El ceño de Anton está fruncido hasta que cae en la cuenta de quién estoy hablando—. ¿La chica nueva?

—Lucy no tiene por qué estar bailando —gruño, y él se aparta antes de que pueda asestarle un segundo golpe en la cara. No es que lo esté intentando, pero es cauto. Da varios pasos rápidos hacia atrás en dirección al pasillo, y yo le sigo. Si está intentando escapar, se llevará una amarga decepción porque no voy a dejarle huir.

—Dos chicas llamaron diciendo que estaban enfermas. Una tercera ha dejado el trabajo hace poco. Necesito bailarinas, y Lucy tiene un cuerpo increíblemente sexy. ¿No tenía buen aspecto en el escenario? —dice Anton con una sonrisa irónica—. Venga, tío, agradécemelo. Sabes que te morías por verle las tetas y el culo.

Le asesto otro golpe en la cara a Anton, y aunque intenta esquivarlo, no es lo suficientemente rápido. Pasé meses en el instituto practicando lucha y boxeo. Soy un experto en peleas, sean sucias o no.

—No vuelvas a hablar así de Lucy, y está prohibido que baile.

—¿Por qué? —Anton no sabe cuándo cerrar la boca.

—Soy tu puto jefe. Yo pongo las reglas. —Esa debería ser razón suficiente.

Pone los ojos en blanco, y me contengo para no darle una patada en la entrepierna y hacerle doblarse de dolor.

—Mantente alejado de ella. ¡Es mía! —Me doy la vuelta y regreso escaleras arriba, deteniéndome al llegar a la puerta de mi oficina.

Mi corazón golpea con fuerza en mi pecho. Lucy está justo al otro lado de la puerta, esperándome. Me trago mis dudas, abro la puerta de un tirón y la miro fijamente. Lleva puesta mi chaqueta y está absolutamente irresistible.

Está sentada en el borde de mi escritorio, con las piernas ligeramente abiertas, y aunque lleva un tanga, no hay mucho bajo esa chaqueta. Lucy es irresistible.

Quiero follarla.

Cierro la puerta de un portazo tras de mí, y ella se inclina hacia delante, con las manos agarrando el borde del escritorio de madera a ambos lados.

Los tacones de aguja tampoco desentonan con el conjunto. Quizás Anton tenía algo en mente, vistiéndola así, exhibiéndola. Pero maldita sea, no quiero que nadie más la mire como lo hago yo, como quiero hacerlo mientras la desnudo y la devoro.

Anhelo oírla gritar mi nombre mientras hundo mi polla dentro de ella.

Exhalando un suspiro, me observa de arriba abajo.

—¿Estoy en problemas? —Sus mejillas están sonrosadas, sus ojos verdes oscurecidos por la lujuria.

Dios, ojalá esto fuera culpa suya. Entonces, tendría una razón para tumbarla sobre mi escritorio y castigarla. Pero ella no es la culpable. Anton tiene la culpa.

Me acerco al escritorio, mis dedos enredándose en su pelo, apartándoselo de la cara.

—Tú no eres quien está en problemas, *Malish* —le digo.

—¿*Malish*? —pregunta, inclinando ligeramente la cabeza.

No me atrevo a decirle que es un apelativo cariñoso que significa “bebé». Es mía. No quiero compartirla con nadie. Su aliento me provoca, y me acerco pero no la beso.

El calor entre nosotros podría incendiar la habitación.

Su respiración se hace más profunda. Está excitada, y ya sea por el baile o por estar tan cerca, puedo percibir que me desea. Como un animal en celo, estoy listo para devorarla. Pero me contengo lo suficiente para asegurarme de que no haya arrepentimientos. No voy a forzar esto.

Trabaja para mí. Es mi empleada y vive bajo el techo de Mikhail. No compliquemos más las cosas de lo que ya están, dadas las circunstancias.

—¿Me deseas? —susurra Lucy, pasando la lengua por su labio inferior. Su voz es suave, apenas un susurro, pero oigo todo lo que me dice y más de lo que me está diciendo sin palabras.

—Te he deseado desde que te vi por primera vez. —No es mentira. En el club, la primera vez que nos conocimos, me habría encantado follarla en mi oficina. La fantasía sigue ahí, primitiva.

Me agarra por la corbata y me acerca más. Sus labios cubren los míos, y dejo que una mano guíe su boca más cerca, mientras que mi otra mano se aventura bajo la chaqueta que lleva puesta, entre sus muslos.

—Estás mojada —susurro, sintiendo cómo empapa mis dedos—. ¿Es por el baile o por mí? —pregunto.

Se sonroja y mira mis labios mientras me cierno sobre ella.

—Por ti. —Sus palabras son suaves y sensuales. Son mi perdición.

Aparto sus bragas a un lado, acariciando sus labios, y ella esconde su cara en mi cuello. El gemido es celestial y fuerte. Gracias a Dios que la música de abajo está alta, o sin duda alguien la habría oído gritar, incluso con las paredes casi insonorizadas.

Cubro sus labios, quitándole mi chaqueta, y arranco las brillantes bragas que apenas cubren los labios de su sexo. Quiero lamer, chupar y saborear su calidez, pero eso puede esperar. Ahora mismo, la necesidad de follarla es abrumadora.

Lucy es una participante entusiasta y abre más las piernas para mí, dejándome vislumbrar su húmedo sexo mientras acaricio sus labios y rodeo su clítoris. Jadea y mueve las caderas, incapaz de quedarse quieta. A esta chica le iría bien estar atada mientras la follan.

Sus dedos tiran de mi cinturón, intentando aflojar la hebilla, pero está prácticamente indefensa mientras la provoco sin piedad, volviéndola loca.

—¿Quieres que te folle como una buena niña? —pregunto.

Sus pesados párpados se abren, y asiente, jadeando.

—Sí, por favor.

No estoy listo para ceder a ninguna de nuestras necesidades. Quiero que esté preparada para mí cuando la penetre. Aflojo la hebilla del cinturón y dejo caer mis pantalones. Saliendo de ellos, deslizo dos dedos dentro de su calidez. Ella se tensa, y sus caderas se mueven al unísono.

—No te corras todavía —ordeno.

Lucy gime en protesta.

—No hasta que te folle con mi polla —digo.

—Por favor, por favor, fóllame. —Está inquieta y su voz suena ronca. Sale necesitada, y su cuerpo responde de igual manera. Un hermoso rubor cubre su pecho, sus mejillas, hasta llegar a su brillante y hinchado coño.

Huele increíble, a sexo. Quiero saborearla, tocarla, follarla.

Mi polla palpita, y quiero llenarla y hundirme dentro de su pequeño y apretado agujero, escuchándola suplicarme que la deje correrse.

Todo lo demás a nuestro alrededor desaparece. El mundo deja de existir mientras el placer nos consume a cada uno. Me inclino, apartando el triángulo de lentejuelas, tomando su pezón en mi boca antes de hundir mi polla en su calidez.

Sus uñas se clavan en mi hombro, marcándome. ¿Me está reclamando como suyo?

Ella es la única que quiero. Ningún otro hombre volverá a tocarla jamás. Tengo la intención de hacerla mía para siempre.

La follo, escuchando los dulces gemidos y jadeos. Los únicos sonidos que llegan a mis oídos son los suyos mientras se tensa y convulsiona a mi alrededor.

Lucy se siente tan bien, tan apretada y cálida. Sus temblores me acercan al límite.

—Joder —murmuro, haciendo todo lo posible por aguantar un poco más. No quiero que esto termine, y ella merece la mejor follada de su vida.

—Córrete conmigo —susurra Lucy en mi oído, y mi erección palpita, mis entrañas casi a punto de explotar con sus palabras.

Es como fuegos artificiales, un crescendo explotando y estallando en la cúspide del clímax. Excepto que no son solo fuegos artificiales.

Son disparos.

Hay disparos y gritos. El espejo de cristal unidireccional está acribillado por la ráfaga de balas y los gritos desde abajo mientras el cristal se agrieta y se hace añicos.

Protejo a Lucy con mi cuerpo, resguardándola de la avalancha de disparos, cristal y metralla que rocía la oficina, tirando de ella hacia el suelo para protegerla.

—¿Qué está pasando? —Su voz tiembla, y le doy mi chaqueta para que se cubra mientras está agachada bajo el escritorio de mi oficina.

Me subo los pantalones de un tirón mientras la mafia irrumpe por la puerta de la oficina, con las armas apuntando en nuestra dirección.

—Os venís con nosotros —grita Otello. Su acento italiano es espeso y áspero mientras hace señas a sus hombres para que nos agarren a Lucy y a mí.

Me meten una bolsa de tela negra sobre la cabeza, haciendo imposible ver nada mientras mis brazos son forzados hacia atrás y asegurados con esposas de metal.

—No te atrevas a tocarla —le grito a Otello—. ¡Te mataré!

Él se ríe, sin sentirse lo más mínimo amenazado.

Me arrastran por las escaleras. Supongo que Lucy está justo detrás de mí, pero no puedo ver nada con la espesa bolsa negra sobre mi cabeza. Reconozco la dirección hacia la que nos dirigimos, hacia la puerta trasera. La música todavía retumba por los altavoces, pero la zona ha sido despejada. ¿Hay cadáveres tirados por el suelo? Tropiezo con algo en la oscuridad.

¿A cuántas personas mataron para llamar mi atención?

Nos empujan hacia fuera. El pavimento es rugoso y áspero: grava. Uno de los hombres abre bruscamente la puerta de un vehículo, y me introducen dentro. Estoy en la parte trasera de una furgoneta, con el suelo metálico a mis pies. Intento incorporarme y oigo a Lucy luchando contra los hombres, peleando por su libertad. No funcionará. Hay demasiados hombres.

Un momento después, la encierran en la parte trasera conmigo.

—¿Nikita? —Su voz vacila y yo exhalo un suspiro, haciendo todo lo posible por mantener la calma.

—Sí —digo, exhalando profundamente—. Mantén la calma. Saldremos de esta situación.

—¿Cómo? —chilla Lucy. Hay miedo en su voz, en su respiración, y un leve tintineo de las esposas mientras tiembla.

—Solo intenta respirar —digo. Necesita guardar energías para cuando tengamos que luchar. Y sin duda, tendremos que luchar para sobrevivir. La mafia no nos dejará marchar.

—¿Tienes algún plan? —Su voz tiembla, y exhala un fuerte suspiro mientras intenta calmar su respiración.

¿Un plan? ¿Qué tal no morir? No hago la broma en voz alta. Dudo que le parezca particularmente graciosa mientras estamos atados en la parte trasera de la furgoneta de la mafia. Me muevo hacia delante y maniobro para quitarme la bolsa de la cabeza y ver a qué nos enfrentamos.

La furgoneta está tenuemente iluminada, y hay una ventana sucia en la parte trasera. El suelo es de metal. No hay nada más que nosotros dos en la parte trasera, nada que pueda usarse como arma.

Me muevo con dificultad y, con las manos a la espalda, logro arrancar la bolsa de tela que cubre la cabeza de Lucy.

—Gracias —dice ella, mirándome—. ¿Sabes por casualidad forzar cerraduras?

Miro por la sucia ventana, con la luz del sol reflejándose a través del pequeño espacio mientras intento ubicarnos. No hemos viajado muy lejos. ¿Adónde nos llevan?

—¿Podemos saltar? —pregunta Lucy.

Es audaz.

—Vamos demasiado rápido —digo al notar que entramos en la autopista—. ¿Está mi móvil todavía en el bolsillo de mi abrigo? —le pregunto. Lucy tiene mi chaqueta envuelta alrededor de su cuerpo.

—Tengo las manos un poco atadas en este momento.

—¿En serio? —avanzo hacia ella, manteniendo el equilibrio mientras el vehículo se desplaza bruscamente. El conductor cambia de carril, cortando el paso a otro vehículo y lanzándome directamente contra Lucy.

Ella está tumbada de espaldas y yo estoy encima. Me disculparía, pero no lamento demasiado esta posición, solo lamento que estemos en esta situación, que no es ni remotamente culpa mía. Yo no traje a la mafia al club.

¿Dónde demonios está Anton? ¿Está muerto? No pude ver a nadie con esa maldita bolsa sobre mi cabeza. Deberían haberme matado porque cuando termine con ellos, estarán todos muertos, hasta el último.

—Nikita, por favor, dime que eso que siento es una pistola en tu bolsillo. —Hay una leve sonrisa en su rostro.

—¿Bromeas en un momento como este? —Estoy sorprendido de que pueda encontrar un rayo de luz en una situación tan oscura.

Me aparto de ella, lo que no es tarea fácil con las manos atadas a la espalda. Me arrodillo a su lado mientras ella se sienta, moviéndose para apoyar la espalda contra la pared del vehículo. El panel metálico hace ruido cuando golpea contra él con sus esposas.

El chirrido del metal contra metal es desagradable.

—¿Crees que puedo romperlas?

—No —digo. No se van a soltar sin una ganzúa o una llave. Golpear sus muñecas contra el panel metálico solo la lastimará—. No malgastes energía.

—No puedo quedarme sentada esperando a que nos maten —dice Lucy. Está frenética y no la culpo. No es cualquiera quien nos secuestró a punta de pistola. Es la mafia.

Si existe alguna posibilidad de que Anton haya escapado, tal vez llamó a Mikhail para pedir refuerzos.

—Necesito llegar a mi teléfono —digo, recordándole que tiene mi dispositivo dentro del bolsillo de mi abrigo.

—Adelante —dice, clavándome la mirada. Se lame los labios y, aunque no debería excitarme ahora mismo, Lucy siempre parece meterse bajo mi piel y encenderme. Sea intencional o no.

Con la espalda hacia ella, uso mis manos atadas para abrir la chaqueta que lleva puesta. Mis dedos rozan su piel desnuda y ella aspira bruscamente. No intento seducirla, pero no puedo ver nada con la espalda hacia ella, y mis dedos se deslizan sobre su suave piel mientras busco el bolsillo de mi abrigo.

—Estás un poco bajo —dice en mi oído—, más arriba.

Me da instrucciones, y juro que si esto fuera sexual, habría destrozado mi ego con su desastre de arriba y abajo, izquierda y derecha, hasta que finalmente me guía hasta el bolsillo interior de mi chaqueta.

Tengo la sensación de que ha disfrutado demasiado con esto. Toqueteo mi teléfono y luego me rindo, optando en su lugar por llamar a Mikhail por voz para pedir ayuda.

—¿No podías haber empezado por pedirle ayuda a Siri? —bromea Lucy.

—No tiene gracia —murmuro. Pero no importa porque la llamada no se conecta por alguna razón—. Deben estar interfiriendo la señal.

—¿Cómo? Estamos en movimiento.

—Podrían tener algún tipo de dispositivo de interferencia en la furgoneta. —No veo nada en la parte trasera con nosotros, pero podría estar en la parte delantera o acoplado al exterior.

La furgoneta sale de la autopista, y el conductor no reduce la velocidad en la curva hasta que tiene que frenar bruscamente.

¿Semáforo?

Me acerco a la ventana trasera, mirando el paisaje e intentando determinar nuestra ubicación. La furgoneta se sacude hacia adelante y volvemos a ponernos en marcha. Pero esta vez, nos dirigimos fuera de la carretera y por unas vías del tren.

Se me revuelve el estómago mientras miro por la ventana.

—Levántate —le ordeno a Lucy, y ella lucha por ponerse de pie.

¿Adónde demonios nos llevan?

Seguimos en las vías del tren. Parece que mantenemos la misma velocidad cuando oímos el sonido de una puerta cerrándose de golpe.

¿El conductor acaba de saltar? ¿Era Otello u otro de los matones de Antonio?

Otro vehículo, un SUV negro, espera perpendicular a nosotros mientras pasamos rápidamente junto a ellos por las vías del tren.

Joder.

—Necesitamos abrir la puerta. —Me giro, dando la espalda a la puerta de la furgoneta, pero está cerrada con llave. No esperaba que fuera fácil. La mafia no va a dejarnos marchar. No si depende de ellos.

Agarro la manija de la puerta con las muñecas esposadas, pero no cede. No hay seguro infantil en la puerta trasera de una furgoneta, pero la mafia debe haber hecho algo para mantener la puerta cerrada desde dentro.

Me giro y lanzo todo el peso de mi cuerpo, hombro por delante, intentando romper el cristal. La ventana no se rompe al primer golpe, pero se hace añicos al tercero.

—Tienes que salir por ahí —le digo a Lucy.

—¡No quepo por ahí!

Suena el silbato de un tren, y la voz de Lucy sube una octava.

—Nikita, ¿es lo que creo que es?

—Hay un tren que viene directo hacia nosotros.

Ella también percibe la urgencia y el peligro. No puedo ver hacia dónde nos dirigimos, pero estoy seguro de que el tren se acerca de frente. Solo hay una vía de tren.

Solo queda otra opción. Romper la barrera hacia el asiento del conductor y desviar el vehículo de las vías.

—Necesitamos llegar al asiento del conductor. En cuanto lo consigamos, te quiero en mi regazo. Tendrás que conducir mientras yo soy tus ojos.

Su boca queda boquiabierta mientras tomo toda la carrerilla posible y embisto con el hombro y el cuerpo contra la mampara que separa la furgoneta de la parte trasera. Se forma una buena abolladura y entra un rayo de luz. El metal es maleable, nada que ver con la puerta reforzada. Ignoro el dolor punzante y la quemadura en mi hombro mientras repito el movimiento y, esta vez, consigo abrirme paso hasta el asiento del conductor.

La cabina está vacía.

No es que esperara que Antonio o alguno de sus hombres siguieran por aquí. Habían saltado cuando tuvieron la oportunidad y se habían marchado en el SUV negro, sin querer ser responsables de nuestras muertes o del inminente desastre.

El vehículo está en piloto automático, y me subo al asiento del conductor, con las manos a la espalda. Si piso el freno, no será suficiente. El tren se acerca cada vez más. La bocina nos grita que nos apartemos del camino.

No me digas.

Lucy está preparada y no pierde ni un segundo mientras se sienta a horcajadas sobre mi regazo, sus manos rozando el volante. Hay un muro a cada lado de la vía.

—Gira a la izquierda —digo mientras nos salimos de las vías y recorremos el estrecho camino entre el muro de contención y el tren que pasa zumbando. Piso el freno, y el retrovisor del pasajero roza contra el muro de ladrillo.

Ella jadea, su pecho se agita mientras se balancea involuntariamente sobre mis muslos.

—¿Ya ha pasado?

Echo un vistazo al retrovisor. A lo lejos, el SUV negro se acerca, viniendo hacia nosotros.

—Ojalá, *Malish* —digo—. Solo intenta mantener el rumbo lo más recto posible.

Piso el acelerador, haciendo que la furgoneta se lance hacia delante.

—Un poco a la derecha —le indico, tratando de navegar por el estrecho camino entre el tren y el muro. Mientras el tren pasa rozándonos, piso el acelerador con más fuerza a medida que la mafia empieza a acercarse.

—¡Se están acercando! —Lucy no es la única preocupada, aunque no expreso mis miedos ni a ella ni a nadie más.

—No pasa nada. Podemos con esto —digo, intentando tranquilizarla—. Un poco a la izquierda —navego, diciéndole cómo dirigir mientras rodamos por las vías hasta que llegamos a un hueco en el muro y una carretera abierta—. Gira fuerte a la derecha —digo mientras nos desviamos de las vías.

Hay docenas de vías de tren más adelante y otro muro, este mucho más alto que el anterior al final de la carretera.

Mierda.

La terminal ferroviaria.

Salir y correr no es una opción. No podemos huir de la mafia con las manos atadas a la espalda.

—Lucy, necesito que gires el volante por completo.

—¿Qué? —Juro que puedo sentir su corazón latiendo contra el mío mientras tiembla en mi regazo.

—Tenemos que dar la vuelta —digo—. Esto es una trampa mortal. —Si nos quedamos aquí, estaremos muertos. O nos mata la mafia, o nos arrolla otro tren.

Ella exhala profundamente e inhala con brusquedad.

—¿Cuándo?

Le doy un segundo hasta que estoy seguro de que estamos listos, y mientras piso el freno, grito:

—¡Ahora!

Ella gira el volante bruscamente, pasándolo entre sus manos, y yo manejo el freno y el acelerador mientras damos un giro completo. Hacemos un buen equipo, aunque nuestra conducción es un poco torpe. ¿Qué se puede esperar con dos personas esposadas?

—Un poco a la derecha —digo, dirigiéndola mientras pasamos zumbando junto al SUV negro que nos persigue. Mi pie pesa como el plomo, presionando el acelerador a fondo mientras nos apresuramos sobre docenas de vías de tren, incluida una con un tren que viene hacia nosotros.

Exhalo un nervioso suspiro, piso el acelerador a fondo, y logramos pasar antes de que el tren avance por las vías. Por poco no nos aplasta.

Ella jadea, y con cada respiración, su pecho se agita. Lucy tiembla contra mí. No levanto el pie del acelerador, pero el tren ha detenido a los hombres de Antonio que nos perseguían, según veo con un rápido vistazo al retrovisor. Nos ha dado tiempo. Es más de lo que podía esperar, dadas las circunstancias.

—¿Y ahora qué? —pregunta, mirándome—.

Tenemos que avisar a tu líder de la bratva. ¿No irán a por mi hijo?

No podemos hacer ninguna llamada desde dentro de la furgoneta, y espero hasta que conseguimos despistar a los hombres que nos persiguen y volvemos a la ciudad, a un viejo distrito de almacenes abandonados, para reducir la velocidad y detenernos.

—¿Nos detenemos?

—Tienes razón. Necesito llamar a Mikhail, y tenemos que quitarnos las esposas.

—¿Alguna idea? —pregunta ella.

—Abre la puerta —digo. Ella mueve las caderas y deja que sus manos encuentren la manilla de la puerta, tirando de ella.

Dejo que mi pie abra la puerta del todo. Estoy alerta. La adrenalina corre por mis venas mientras me aseguro de que no nos estén siguiendo ni vigilando. Puede que haya un dispositivo de rastreo en la furgoneta y, si ese es el caso, solo tenemos unos minutos de ventaja.

—Bájate —ordeno, y ella tarda un momento en contonearse para salir de mi regazo y bajar al pavimento—. Ve a la puerta del copiloto y abre la guantera. —Necesito sus manos, y yo seré sus ojos.

Con suerte, habrá alguna herramienta o arma que pueda usar para librarme de estas malditas esposas.

Lucy maniobra alrededor de la furgoneta y, de espaldas a la puerta, agarra la manilla y la abre.

—Estaré encantada de quitarme estas esposas —dice Lucy. Está exasperada. Tiene que ser por la persecución en coche y el intento de escapar de la mafia.

No la culpo. No me apetece tener que mirar por encima del hombro y preocuparme de que puedan emboscarnos.

Consigue abrir la guantera.

—¿Hay algo? —pregunta y se gira para echar un vistazo al contenido.

—Coge el cuchillo —digo.

Es más bien una navaja multiusos con varias herramientas. Alguna de ellas debería ayudarme a romper las esposas, aunque tenga que cortar los eslabones para separar mis manos.

Ella se apresura a rodear la furgoneta y me la entrega por detrás de su espalda. Me muevo y me giro, alcanzando la herramienta.

—¿Crees que funcionará? —pregunta.

Sin duda, si no hacemos nada, estamos jodidos.

—No veo muchas alternativas ni otras opciones. —Jugueteo con la herramienta, probando varias funciones diferentes antes de forzar la cerradura con la punta de un cuchillo.

El metal cae al suelo, y suspiro aliviado.

—Hazlo conmigo —dice Lucy.

Esbozo una sonrisa. Sí, me gustaría hacer algo más que forzar la cerradura de sus esposas.

Pero ¿no fue eso lo que nos metió en este lío? ¿No prestar atención al club y que la mafia lo acribillara?

—Date la vuelta —le indico, y ella me da la espalda.

Agarrando sus brazos, la acerco más y examino sus esposas mientras jugueteo con la punta del cuchillo, empujándolo en el ojo de la cerradura hasta que consigo suficiente presión para que el pestillo se suelte.

—Gracias —susurra Lucy y da media vuelta. Se frota las muñecas, y el metal cuelga y cae al suelo.

—Tenemos que volver al complejo —digo. Hay un pequeño dispositivo adherido al techo, y arranco la maldita caja negra y la tiro al suelo—. Vuelve a la furgoneta.

—¿Era un dispositivo de rastreo? —pregunta Lucy.

Cierro de golpe la puerta del conductor, y ella se apresura a rodear la furgoneta hasta el lado del copiloto y sube.

En el momento en que cierra la puerta, piso el acelerador y nos alejo de nuestro destino.

—Probablemente sea un inhibidor de señal. —Intento usar mi móvil de nuevo, esta vez consiguiendo comunicarme con Mikhail. Dejo la llamada en altavoz mientras conduzco.

—¿Dónde demonios estás? —pregunta, respondiendo al teléfono y reconociendo mi número.

—Cerca de las vías del tren. —Es la estimación más cercana que puedo dar. Zigzagueo por las calles secundarias y nos incorporo a la autopista. No hay señales de que los hombres de Antonio nos sigan, pero no puedo estar seguro de que hayan terminado y nos vayan a dejar en paz.

—Me alegra que sigas vivo. ¿Y la chica? —pregunta Mikhail.

—Está conmigo —digo y miro a Lucy antes de volver a prestar atención a la carretera—. Los hombres de Antonio pueden intentar infiltrarse o atacar el complejo. No es probable que se rindan —digo.

—Tenemos a Zion aquí, a salvo. —Mikhail guarda silencio por un momento antes de continuar—. Realmente deberías reconsiderar tu objetivo.

Me aclaro la garganta.

—¿Cuál es?

—Casarte con la chica —dice Mikhail.

—Ya me lo pidió. Me negué —dice Lucy.

Juraría que puedo ver la sonrisa burlona en la cara de Mikhail.

—Bueno, deberías reconsiderarlo. Puede que no valores la vida de Nikita o la tuya, pero tu hijo no debería perder a su madre a una edad tan temprana. ¿Quién cuidaría de él si estuvieras muerta?

Evito la mirada ardiente de Lucy. Tiene toda su atención puesta en mí mientras escucha a Mikhail por teléfono. Hay un severo silencio por su parte, y cruza los brazos sobre el pecho. La chica es tan desafiante como pocas.

—Mantén a Zion a salvo. Vamos de camino al complejo. —Termino la llamada, y Lucy se mueve incómoda en el asiento delantero. Está tan incómoda como lo estaba con las esposas puestas, pero esta vez es por su propia causa.

—No puedo creer lo que ha sugerido —murmura Lucy.

Hay irritación en su tono; está frustrada y enfadada, y tiene todo el derecho a estarlo. Solo que no conmigo. Esto no fue culpa mía, y aunque quizás fui descuidado en la oficina, yo no envié a la mafia tras Lucy.

—Todos estamos intentando protegerte —digo.

—No me importa lo que me pase a mí. Me preocupa Zion.

Está preocupada por su hijo y con razón. La mafia no parará hasta conseguir lo que quiere. Simplemente no estoy seguro de qué es lo que quieren. Aunque pensaba que era la memoria USB y los certificados de acciones, Lucy no tiene esos objetos, y no va a poder echarles mano para entregárselos a Antonio o a Aleksandra.

—¿Hay algo que no me estés contando? —La miro de reojo mientras intento concentrarme en la carretera—. El cuadro, ya no se trata solo de lo que había dentro.

Si ese fuera el caso, irían tras Mikhail y la bratva, y habrían abandonado la persecución de Lucy y su familia. Están empeñados en matarla, lo que significa que hay algo más siniestro.

La mafia son asesinos, pero normalmente buscan retribución y venganza. No son ni de lejos tan despiadados y crueles como nosotros, la bratva. Preferiríamos bañarnos en sangre antes que la mafia. Esto no parece ser toda la historia. Hay algo que Lucy me está ocultando.

—No —susurra y mira por la ventanilla lateral. Se muerde el labio inferior.

Detendría la furgoneta si no estuviera preocupado de que la mafia pudiera alcanzarnos. Incluso si no nos están siguiendo, deben estar de camino al complejo. No van a dejarnos vivir, no después del episodio del tren.

—No me mientas —gruño y le lanzo una mirada fulminante.

Ella inhala bruscamente.

—Me preguntaste por mi hijo, por el padre.

Juro que si el padre es Antonio, yo mismo lo mataré.

—Sí —digo, dejando que termine lo que quiera contarme.

—Zion es un bebé de donante de esperma —dice Lucy—. Se supone que debe ser confidencial. El padre biológico ni siquiera debería saber que tiene un hijo ni tener derechos sobre el niño, pero de alguna manera se enteró.

—¿Y es de la mafia?

—Quiere la custodia completa de Zion y me quiere muerta.

—Eso es una locura. —Salgo de la autopista mientras nos dirigimos a la ciudad. El tráfico es lento. No importa la hora—. ¿Quién es el padre biológico? —Necesito saber a qué nos enfrentamos.

—Otello Valentino —dice Lucy—. ¿Lo conoces?

—El tipo es un maldito borracho. ¿Y quiere criar a un niño? —Golpeo con la palma el volante—. No hay manera de que se acerque a tu hijo.

—Apareció en el motel la noche que robé tu llave antes de escalar la verja —dice Lucy.

Aprieto las manos en puños y mi estómago se retuerce.

—¿Y? —No estoy seguro de querer saber qué pasó después—. Si te tocó, lo mataré.

—No lo hizo —dice Lucy—. Es decir, no de esa manera. Me amenazó y me dijo que si no robaba los objetos escondidos dentro del cuadro, ¡conseguiría la posesión de mi hijo como si fuera una propiedad!

Navego por la carretera, yendo por calles secundarias para evitar el tráfico de la vía principal.

—¿Y?

—¡Y es un cabrón! —Lucy se sobresalta con más fuerza de la que jamás habría esperado—. Quiero matarlo con mis propias manos.

No es la única. A mí también me gustaría asesinarlo.

—¿Y qué hay de Aleksandra y Antonio? —pregunto. Necesito saber hasta dónde llega esto con la mafia. Otello claramente no estaba actuando solo. ¿Sabían ellos de la conexión con el niño?

—Todo lo que te conté es verdad. Me crucé inadvertidamente con ellos cuando intenté ser una buena samaritana —murmura entre dientes—. La mafia exigió que robara el contenido del cuadro. No podían pisar tu propiedad sin romper la tregua, pero un extraño sí podía.

—¿Y Otello? —pregunto—. ¿Cómo encaja en este escenario?

—Aleksandra y Antonio querían el contenido del cuadro, pero todo fue plan de Otello. Los convenció para enviarme a los brazos de la bratva. Primero, hizo que tropezara contigo en el club, que robara tu llave y entrara en tu casa. Esperaba que me atraparan y que tú me mataras. Resolverías su pequeño problema. Matarme, y Zion sería suyo.

Quiero matar al bastardo.

—Bueno, se equivocó por completo —digo. Esto nunca fue por el dinero, al menos para Otello. Antonio y Aleksandra lo siguieron por la ganancia inesperada—. Tenemos que llegar al complejo. Hay una manera de salir de este lío —digo.

—¿Cuál es?

—Cásate conmigo.

CAPÍTULO ONCE

LUCY

—¿Cómo me ayuda casarme contigo? —Sigo sin entender por qué está tan empeñado en pasar el resto de su vida conmigo. A menos que no espere que sea por mucho tiempo.

Llegamos a las puertas, y el vigilante de servicio nos hace abrir la parte trasera. El guardia abre las puertas y, satisfecho de que solo seamos nosotros dos, nos permite la entrada.

Nikita no ha respondido a mi pregunta. Aparca la furgoneta en la entrada, sin preocuparse por ocultar el vehículo. Supongo que la mafia ya sabe que aquí vive la bratva. Bajando del lado del copiloto, sigo a Nikita al interior por la entrada principal. Quiero ver a mi hijo. Necesito saber que Zion está a salvo. Me conduce escaleras arriba hasta la sala de juegos, donde Madisyn y Hannah están sentadas en un sofá contra la pared. Los niños juegan, ajenos al peligro que acecha justo fuera de las paredes del edificio.

Zion está a salvo.

Exhalo un suspiro que no me había dado cuenta que estaba conteniendo cuando él corre a mis brazos, aferrándose como si su vida dependiera de ello.

—¿Qué tal tu cita de juegos? —pregunto, agachándome y tomándolo en mis brazos. Es grande, casi demasiado para que pueda cargarlo, pero a él aún le encanta, y ahora mismo, quiero saber que está a salvo.

Solo verlo no es suficiente. Es mi hijo. Debo protegerlo.

—Divertida —dice Zion—. ¡Pudimos comer sándwiches de helado!

—¿Ah, sí? —Me río ante su sonrisa de ojos bien abiertos. El niño debe seguir con el subidón de azúcar. Se retuerce para liberarse de mi agarre, y vuelvo a poner sus pies firmemente en el suelo.

—Espero que estuviera bien darle helado —dice Hannah—. Yo quería un tentempié y él vio lo que estaba comiendo.

—No pasa nada. Gracias a las dos por cuidarlo. —Me tambaleo hacia adelante, dejándome caer en el sofá hecha un desastre, sentándome junto a las dos jóvenes. Ellas parecen tenerlo todo bajo control. ¿Yo? Soy un completo desastre.

¿Voy a casarme con Nikita?

Necesito mantener a Zion a salvo, y no puedo imaginar otro plan que funcione. Espero que la mafia nos deje en paz una vez que forme parte de la bratva.

—Mañana a primera hora, iremos al juzgado y nos casaremos.

—¿No hay un período de espera? —pregunto. No es que no esté dispuesta a casarme con Nikita. Simplemente no estoy segura de que sea un plan tan bueno como él cree.

—Sí, pero solo son veinticuatro horas, y el juez está dispuesto a anular el período de espera.

—¿Conoces al juez? —No debería sorprenderme, considerando la profundidad y el alcance que la bratva tiene sobre la ciudad, pero sigue siendo un shock, de todos modos.

—¿A quién no conocemos? —dice Nikita con una sonrisa irónica. Me mira de arriba a abajo—. Pero tenemos que hacer que esta boda sea convincente, como si estuviéramos locamente enamorados.

No soy muy buena actriz, pero dudo que sea demasiado difícil fingir que me gusta Nikita. Es guapo, y solo imaginar que podré acostarme con él y ver lo que hay debajo de su ropa me hace sonreír.

—Haré lo mejor que pueda.

Aunque, no hemos hablado de los arreglos para dormir, y mucho menos de otros factores.

¿Esperará que duerma con él una vez que estemos casados? Aprieto los labios pero no expreso mi pregunta, no delante de Hannah y Madisyn, y mucho menos de mi hijo. Hay cosas que deben discutirse en privado.

—Espera, ¿vosotros dos os vais a casar? —A Hannah se le cae la mandíbula mientras intenta asimilar nuestra conversación.

Nikita asiente con firmeza.

—Está en peligro hasta que forme parte de la bratva. Los italianos no están cediendo.

—¿Y habéis intentado concertar una reunión con los italianos? —pregunta Madisyn. Me mira a mí y luego a Nikita. Tiene el ceño fruncido y hace un puchero con el labio inferior.

O a Madisyn no le caigo bien, o no quiere que me una a la familia. No puedo entenderla claramente, pero no me está dando la bienvenida a la familia con los brazos abiertos.

—Otello es pariente biológico del niño. —Nikita hace un gesto hacia Zion.

Agradezco su discreción. No es una conversación que quiera tener delante de Zion.

—¿Qué significa eso? —pregunta Zion.

A mi hijo no se le escapa nada. Le froto la espalda y le indico que vaya a jugar con Kira y Bay.

—Te lo explicaré cuando seas mayor.

Zion pone los ojos en blanco y exhala un suspiro mientras se une a las niñas para jugar con sus juguetes.

—Juro que el niño ya es un adolescente. —No estoy segura de estar preparada para cuando lleguen esos años.

Nikita está tratando de ocultar una sonrisa en su rostro. Se aclara la garganta, y regresa la actitud de tipo duro, la sonrisa desaparece.

—Hasta que Otello esté muerto, Lucy y su familia están bajo nuestra protección.

—¿Estás planeando matarlo? —pregunto, y mi voz se quiebra en mi garganta. No quería que ejecutaran al hombre, pero sí quiero que nos deje en paz.

¿Es eso lo que se necesitará para sentirnos a salvo?

No soy una asesina, y tampoco pretendo casarme con uno.

—No puedes matarlo —digo antes de que Nikita tenga tiempo de responder.

—No necesitaré hacerlo si nos casamos —dice Nikita—. Antonio respeta la tregua entre nuestras familias enfrentadas. Una vez que formes parte de la bratva, estarás protegida.

—¿Y mi deuda con los italianos? —pregunto—. Ellos me poseen.

—Ya no. —Nikita avanza hacia mí, cerrando la distancia entre nosotros. Levanta la mano y coloca un mechón de cabello suelto detrás de mi oreja—. Los italianos nunca volverán a tocarte. Trabajarás para nosotros, y ellos saben que es mejor no iniciar una guerra con la bratva.

—¿Trabajar para ti en el club? —pregunto.

¿Sigue existiendo el club? Además, aquello no había salido bien cuando su empleado insistió en que bailara. Nunca había visto el lado celoso y posesivo de Nikita antes. Me atrevo a decir que me gustó cuando su atención estaba puesta en mí. ¿Será así casarme con él? Nikita me mira de arriba abajo y luego a las chicas.

—Mi novia necesitará un vestido para mañana. ¿Qué tenéis que pueda tomar prestado?

———

Agarro la mano de Nikita mientras entramos en el juzgado. Estoy aterrada, por decir lo mínimo. Me tiemblan las manos e intento no desmayarme con el vestido blanco de encaje que estaba en el armario de Madisyn.

Aunque no es un vestido de novia, sin duda puede pasar por uno.

El juez y Nikita hablan con naturalidad, ambos familiarizados el uno con el otro, mientras entramos en la sala.

—¡Nikita! —dice el juez—. ¿Estás seguro de que no te has equivocado de sala?

Su broma me quema por dentro, y aprieto la mano de Nikita con más fuerza. No hago esto por amor u obligación. Es estrictamente por el deseo de proteger a mi familia.

Pero ¿es ese el único deseo que siento por Nikita? Ha sido amable y generoso, y se ha esforzado por asegurarse de que mi hijo esté a salvo. Me siguió hasta Chicago para protegerme. No puedo imaginar a nadie más haciendo algo así, preocupándose tanto por mí.

Quizá de alguna manera extraña, eso sea amor.

Nunca he estado enamorada, no del tipo romántico. He tenido mi parte de novios y romances desastrosos, pero nunca he estado loca por un hombre. No creo que funcione así. No es así como me enamoro.

Además, ¿no es eso lujuria? Tal vez sea mejor que no sienta constantemente la necesidad de follar con el hombre con el que estoy a punto de casarme. Nos mantendrá cuerdos, comunicándonos, y quizá incluso salve este absurdo matrimonio de convertirse en algo que no debería.

Pero ¿quién soy yo para decir en qué debería o no convertirse?

Nikita me rodea la cintura con un brazo y me acerca más a él. ¿Es todo fingido? ¿O realmente desea algo de esto, casarse conmigo y pasar el resto de su vida conmigo?

—Señoría, sería un privilegio casarme con mi prometida, Lucy Quinn.

—¿Y usted quiere casarse con este hombre, Nikita Krylova? —pregunta el juez, dirigiendo su atención hacia mí.

¿Piensa que podría estar bajo coacción? Me mira fijamente, esperando mi respuesta.

—Sí, Señoría —digo con más convicción de la que siento en realidad.

Satisfecho con mi respuesta, el juez renuncia al período de espera de veinticuatro horas y nos hace intercambiar los votos. Nos casamos en el juzgado. No es extremadamente romántico, pero tampoco lo es nuestra relación. Y eso me va bien.

Luka espera fuera del juzgado, ofreciéndose a llevarnos de vuelta al complejo.

—Felicidades —dice, pero hay un atisbo de algo más detrás de su mirada. ¿Celos? ¿Rabia?

Nikita sonríe, y o no se da cuenta o no deja que le moleste. Da una palmada en la espalda a Luka con su mano derecha mientras sostiene mi mano izquierda, manteniéndome cerca de él.

—Más te vale que te declares. Hannah no va a esperar para siempre.

Luka gruñe, y su labio superior tiembla.

—He estado intentándolo, y vosotros dos parecéis robarme el protagonismo.

Me muerdo el labio inferior, haciendo mi mejor esfuerzo por no divertirme con su arrebato. El hombre podría derribar a cualquier número de agresores. Es alto, fuerte y sin duda atractivo. Pero el hecho de que nos hayamos casado antes que él, parece tenerle los calzoncillos retorcidos.

—Podríamos ayudarte con tu propuesta —sugiero. Aunque no sé mucho sobre Hannah, está claro que está perdidamente enamorada de Luka, y cualquier propuesta probablemente la haría feliz.

—¿Como me ayudaste la última vez? —me espeta Luka.

—Cuida tu tono —le reprende Nikita—. Todo lo que está ofreciendo es ayuda. Si no eres lo bastante hombre como para arrodillarte...

No quiero que se peleen por algo tan ridículo.

—¡Eh! —interrumpo a Nikita—. Tampoco es que tú te hayas arrodillado para pedírmelo.

—Eso es diferente —dice Nikita, y entrecierra los ojos—. ¿De qué lado estás?

—Sé bien que no debo contradecir a mi marido — digo con una sonrisa maliciosa. Me gusta el hecho de poder referirme a Nikita como mi marido.

¿Por qué será?

Las sensaciones cálidas y difusas que crecen en la boca de mi estómago no deberían estar ahí. Este matrimonio es por protección. ¿Verdad?

Nikita planta sus labios sobre los míos. A diferencia de cuando estábamos en el juzgado y el juez nos dijo que podíamos besarnos, aquel beso había sido dulce y casto. No había habido la pasión ardiente detrás del beso como la hay ahora. Mi interior se calienta mientras su mano se apoya firmemente en mi espalda baja, inclinándome ligeramente mientras introduce su lengua en mi boca.

Nikita es firme, enérgico, pero no de una manera necesariamente mala. Nunca he tenido un hombre que tome el control como lo hace Nikita conmigo. Despierta algo dentro de mí que no reconozco del todo.

Pasión.

Tiene una manera de añadir combustible al calor que va en aumento, y justo cuando mis piernas se debilitan y deseo besarlo, acercarlo más y admitir que podría disfrutar de esto con él, Nikita se aparta.

—Deberíamos ponernos en marcha —dice.

Estoy sin aliento. Arrastrada por el momento, el mundo da vueltas, ¿y eso es todo lo que Nikita tiene que decir sobre besarme? ¿Fui la única que sintió algo?

Su mano está en la parte baja de mi espalda mientras me acompaña hacia el SUV negro y abre la puerta, ayudándome a subir. Espero a que cierre la puerta, pero en lugar de eso, me mira con una sonrisa maliciosa.

—Hazte a un lado.

Luka se sienta en el asiento del conductor y arranca el motor. Su atención y concentración están en la carretera mientras Nikita parece embelesado devorándome con la mirada.

No es que me moleste. Al contrario, disfruto bastante de su ardiente concentración en mí. La mano de Nikita es áspera y cálida mientras acaricia mi mandíbula, inclinando mi cabeza, con sus labios cerca pero sin besarme todavía. Es como si estuviera examinando cada centímetro de mí, lo que tengo para ofrecerle.

—Te devoraré esta noche —dice Nikita—. Pero no hasta que te hayas entregado completamente a mí.

El aliento se me queda atrapado en la garganta. ¿Qué quiere decir con entregarme a él? ¿No es eso lo que he hecho al casarme con él?

Llegamos de vuelta a la casa, y por mucho que quiera explorar cada centímetro del cuerpo de Nikita, Zion está despierto y me estará buscando.

Me escabullo pasando a Nikita y Luka, mirando alrededor en busca de mi hijo. Su risa proviene del comedor, y tiene un enorme plato de tostadas francesas y un vaso alto de zumo de naranja frente a él. Bay está sentada frente a él, y Hannah está a la cabecera de la mesa entre ellos.

—¡Enhorabuena! —Hannah ofrece una cálida sonrisa, y si hay algún indicio de celos, no lo veo. O es buena ocultándolo o está feliz por nosotros—. Quiero ver el anillo —dice Hannah.

Avanzo más hacia la habitación, mostrándole mi mano izquierda y el gigantesco anillo de boda con diamantes que Nikita deslizó en mi dedo durante la ceremonia.

—¡Y te queda bien! —Está sorprendida.

—Me queda un poco grande —digo. Y aunque apenas se nota, no quiero que el anillo se me resbale y lo pierda—. Puedo hacer que lo ajusten. —El diamante debe de haber costado una fortuna.

—Bueno, se ve increíble —dice Hannah. Hay una sonrisa genuina en su rostro, y me rodea con sus brazos, abrazándome.

Me sorprende un poco su calidez y el gesto amistoso.

—Bienvenida a la familia —me dice al oído—. Ahora necesito tu ayuda.

—Lo que sea —susurro, apartándome ligeramente.

Nikita está en el pasillo con Luka, charlando sobre algo. Si es sobre la boda o sobre negocios, no lo sé ni me importa. Nikita sonríe y asiente cuando nuestras miradas se cruzan. El hombre está guapísimo con su traje negro. Claro, siempre lleva un traje oscuro, pero hay algo impactante en él hoy.

Quizás sea la sonrisa en su rostro. No es algo que haya visto con frecuencia en el poco tiempo que le conozco.

—Necesito que me ayudes con Luka.

—¿Ayudarte? ¿Cómo? —pregunto. Las cosas parecen ir bien entre ellos. Por lo que puedo deducir, Luka quiere proponerle matrimonio y Hannah está feliz con él. ¿Qué podría querer de mí?

—Quiero pedirle matrimonio a Luka —dice Hannah.

Jadeo y me cubro los labios con la mano. Debo tener los ojos muy abiertos porque estoy intentando no reír y recomponer mi mandíbula.

—¿Qué? —Hannah cruza los brazos sobre el pecho —. ¿No crees que deba hacerlo porque no es tradicional?

La chica está poniendo palabras en mi boca.

—Creo que te quiere y tiene intención de proponértelo. ¿No era eso lo que estaba haciendo cuando interrumpí? —Puede que no lleve mucho tiempo aquí, pero puedo ver las miradas anhelantes y ardientes que intercambian. Es como si los dos quisieran devorarse el uno al otro en cada oportunidad posible.

Hannah frunce los labios.

—Debería estar enfadada contigo —dice y mira más allá de mí a los dos hombres que charlan en el pasillo—. Pero no lo estoy.

Intuyo que aunque no esté enfadada, podría haber un toque de celos porque nosotros llegamos al altar antes que ellos.

—Somos familia —digo y alboroto el pelo de Zion mientras desayuna.

—¡Mamá! —se queja y arruga la nariz mientras me mira—. Me vas a despeinar.

El niño tiene un pelo oscuro, grueso y precioso. Eso lo ha sacado de Otello. Hago una mueca al pensar en ese hombre, cuyo ADN forma parte de mi hijo.

—Estás guapísimo —le digo.

—¿Cuándo puedo volver al colegio? —pregunta Zion—. Echo de menos a mis amigos.

—Eso es algo que Nikita y yo tenemos que hablar. —Lo sacaron del colegio cuando lo llevaron a Chicago con mi hermana para mantenerlo a salvo. Eso no salió bien, y enviarle de vuelta al colegio sabiendo que la mafia aún podría ir tras mi hijo, es preocupante.

Aunque no soy partidaria de que Zion estudie en casa, quizás podamos encontrar algún lugar que sea más seguro.

—Pero, mamá —se queja Zion.

Nikita entra en el comedor y se coloca delante de uno de los asientos vacíos, con las manos en el respaldo de la silla de madera.

—¿Puedo hablar contigo? —pregunta, centrándose en mí.

—Termina tu desayuno —le digo a Zion y le doy un beso en la frente.

Salgo al pasillo con Nikita. Luka está doblando la esquina del pasillo. Estamos solos, aunque estoy segura de que hay varios guardias cerca.

—¿Cuándo piensas contarle a Zion lo nuestro? —pregunta Nikita.

Me muerdo el labio inferior. Quiero que mi hijo piense que me caso por amor. Lo último que quiero en el mundo es que crea que este matrimonio es para protegerlo, aunque en parte sea cierto.

—No he pensado aún cómo hacerlo —digo.

—Podríamos decírselo juntos —responde Nikita.

—Necesito sentarme y tener una conversación seria con Zion. —Después de todo lo que hemos pasado en Chicago y ahora mudándonos a este lugar con Nikita, estoy segura de que mi hijo tiene un montón de preguntas. Y se merece la verdad, aunque esté endulzada debido a su edad.

—Los dos lo haremos.

—¿Y qué crees que deberíamos decirle? —pregunto. Me sorprende que Nikita quiera formar parte de esa conversación. ¿Está preocupado de que yo planee decirle a mi hijo que la bratva ahora nos protege?

—Solo lo que necesita saber. Que te has casado y que viviremos aquí, indefinidamente.

Exhalando un profundo suspiro, me pellizco el puente de la nariz.

—Me gustaría que pensara que el matrimonio se basa en el amor, no en un intercambio de servicios. Un niño de seis años no debería saber las cosas que nosotros sabemos. —Solo quiero proteger a Zion.

—Y no sugiero que se lo expliquemos todo, solo que nos queremos y que tengo una familia muy grande aquí para ayudarnos.

Es una forma de plantearlo, y no es exactamente incorrecta. Nikita sí tiene una familia grande, y en el poco tiempo que los he conocido, han sido comprensivos y se han adaptado a nuestra situación.

—Eso podría funcionar —digo y exhalo un profundo suspiro. Miro hacia el comedor donde Zion y Bay están comiendo en la mesa. Ambos ríen en voz baja sobre algún secreto que están compartiendo.

Hannah mira su teléfono, ajena a lo que sea que está ocurriendo entre los dos niños. Al menos no parecen estar metiéndose en ningún problema grave mientras desayunan.

—También necesitamos resolver lo de la inscripción de Zion en primero de primaria —digo—. Lo saqué temporalmente de la escuela por lo que estaba pasando con la mafia y cuando lo envié a vivir con mi hermana.

—Debería matricularse aquí cerca, en el colegio privado.

Inhalo bruscamente.

—No puedo permitírmelo —digo.

—Está solucionado.

—¿Qué? —No puede estar ofreciéndose a pagar la cuenta en serio. Puede que se case conmigo, pero Zion no es su hijo. No tiene que pagar la manutención y los gastos de criar a un niño.

—Estamos casados —dice Nikita—. Voy a ayudar con su matrícula.

Aunque quiero que mi hijo tenga la mejor educación, no puedo aceptar lo que Nikita ofrece.

—Es más que generoso, pero es demasiado.

—¿No estamos casados? —pregunta Nikita.

Abro la boca y exhalo suavemente.

—Esto no se trata de nuestro matrimonio.

—Zion es mi hijo y mi responsabilidad —dice Nikita.

—Excepto que no lo es. —Aunque quiero la ayuda de Nikita, no voy a desangrarle por los gastos relacionados con Zion—. Ya estás haciendo demasiado. Dejarnos quedarnos contigo, casarte conmigo para mantenerme fuera de las garras de la mafia. Nunca podré pagarte por todo lo que has hecho.

Nikita da un paso más cerca, invadiendo mi espacio personal. Su aliento me hace cosquillas en la mejilla mientras acaricia mi mandíbula.

—*Malish*, tú eres todo lo que deseo. Tu felicidad y seguridad.

—¿Y eso es suficiente? —pregunto. No parece que lo fuera, considerando todo lo que está haciendo por mí.

—Para mí, lo es —dice Nikita—. Hablaremos con Zion juntos. Y yo me encargaré de su matrícula e inscripción en la Academia Manhattan. Es el mismo colegio al que asiste Bay. Tienen preescolar y primaria en el mismo campus.

Tengo un nudo en el estómago, y me muerdo el labio inferior. Ni siquiera puedo imaginar lo que costará la educación de Zion, pero no será barato. Y estaré eternamente en deuda con Nikita. Aunque, ¿no lo estoy ya?

Después del desayuno, Nikita y yo llevamos a Zion afuera al jardín para dar un paseo y charlar. Ambos queremos hablar sobre la nueva situación, nuestro matrimonio, y los confines de la mansión no parecen lo suficientemente grandes.

Preferiría llevarlo a caminar al parque, pero Nikita ha insistido en que hasta que la noticia de nuestro matrimonio llegue a la mafia, todavía estoy en peligro, y también lo está Zion.

¿Cuánto tiempo más tendré que mirar por encima del hombro? ¿Quién dice que Otello nos dejará en paz después de que descubran que Nikita y yo estamos casados?

—¿Podemos ir al parque? —pregunta Zion mientras salimos. El sol aún está alto, los rayos golpean con fuerza, haciendo que el aire sea más cálido. Está brillante, y entrecierro los ojos mientras nos dirigimos bajo la sombra de uno de los cerezos en flor.

—Quizás más tarde —digo, evitando el tema y cualquier discusión adicional sobre salir de la propiedad. No podemos quedarnos encerrados en la casa para siempre. ¿No podrían algunos de los guardias escoltarnos al parque y asegurarse de que estemos a salvo?

—Quería hablar contigo sobre algo —digo.

—¿La tía Katie está bien? —pregunta Zion. Sus brillantes ojos verdes me miran. Hay preocupación en su ceño.

—Sí, está bien —digo y lo atraigo para abrazarlo—. Está con su novio, y se están quedando en un lugar seguro.

—¿Con Declan?

—Así es —digo—. Al igual que la tía Katie se queda con Declan para estar segura, nosotros nos quedamos con Nikita. —Esto no es como quería que fuera la noticia, volviendo al círculo del peligro que nos trajo aquí.

Miro a Nikita, no es que espere que ayude a arreglar esto, pero quiero que se involucre. Él va a formar parte de la vida de Zion.

—Tu madre y yo nos queremos mucho —dice Nikita y ofrece una sonrisa amable a Zion—. Ambos queremos mantenerte a salvo y pensamos que lo mejor era que vivieras aquí, fueras a la escuela cerca, y que nosotros dos nos casáramos.

Zion mira a Nikita.

—¿Eres mi papá?

CAPÍTULO DOCE

NIKITA

—¿Eres mi papá? —pregunta Zion, mirándome con ojos muy abiertos.

No sé cuánto le habrá contado Lucy a Zion sobre su padre biológico. Solía llevar a los hijos de Aleksandra a la guardería, pero no los cuidaba. No sé mucho sobre niños; desde luego no tengo ninguno propio.

Me agacho hasta el nivel de Zion, encontrándome cara a cara con él.

—¿Te gustaría que fuera tu papá? —le pregunto, dedicándole al niño una sonrisa amistosa. Si prefiere llamarme Nikita, no me importaría.

Zion asiente con entusiasmo y arruga la nariz. Una pequeña risita se escapa de sus labios, y abrazo al niño.

—Me encantaría que me llamaras papá —digo. Lo que le resulte más cómodo a Zion está bien para mí.

Este niño es lo más cercano que tendré a tener hijos. No porque no pudiera tenerlos, pero no ha estado precisamente en mis planes. Aunque ahora estoy casado, no estoy seguro de qué ocurrirá. Lucy no ha admitido exactamente que quiera acostarse conmigo otra vez, pero tuvimos un pequeño y divertido encuentro en el club antes de que nos interrumpieran.

Exhalo un suspiro. Solo pensar en Lucy me pone nervioso. El hecho de que estemos casados, quiero llevarla a mi habitación y enseñarle lo que es estar casada y ser adorada.

Pero no puedo hacer eso mientras el niño esté despierto, y pedirle a Hannah que cuide de Zion por más tiempo me parece injusto para ella.

—Papá, ¿podemos ir al parque infantil? —pregunta Zion, arrancándome de mis pensamientos impuros sobre Lucy.

—Ya se lo has preguntado a tu madre —digo. El niño es astuto y nos está enfrentando el uno contra el otro, ¿no es así?

—Mamá dijo que más tarde —responde Zion rápidamente antes de que Lucy tenga tiempo de contestar—. Ya es más tarde.

—¿Qué tal si me ayudas en el jardín y le damos un descanso a tu madre?

—¿Un descanso de qué? —pregunta Zion, mirando de mí a Lucy. El niño puede ser agotador. ¿Cómo se las arregló Lucy para trabajar a tiempo completo y criarlo ella sola?

Zion trepa por mí como si fuera un mono y usa mis brazos para hacer dominadas. El niño ya es fuerte para su pequeña estatura. Usa sus piernas, trepando por mí el resto del camino. Adiós a mi traje limpio y ordenado.

—¿Te diviertes? —pregunto.

Zion se ríe y asiente con entusiasmo.

—Sí. Mamá no me deja hacerle de mono.

—¿Hacerle de mono? —No sé qué significa eso.

Lucy se cubre los labios, tratando de no estallar en carcajadas.

—Eres mis barras de mono —dice Zion como si fuera lo más obvio, como si yo fuera su parque infantil.

El niño está finalmente en la cama.

Conseguí contactar con Manhattan Academy más temprano por la tarde. Zion está inscrito y matriculado para empezar el colegio el lunes. Mañana, enviaré su expediente como solicitaron. ¿Cuánto papeleo puede haber para un niño de seis años?

—Dormirás conmigo —digo, tomando la mano de Lucy mientras la guío más allá de la habitación donde Zion duerme profundamente.

—¿Ah, sí?

Juro que su respiración se entrecorta.

—¿No quieres?

Se muerde el labio inferior. Es un hábito nervioso que le he pillado haciendo, y extiendo la mano, mi pulgar rozando contra su labio, deteniéndola.

—Sí quiero —dice y se inclina hacia mi mano—. Solo que no quiero estropear esto entre nosotros.

No quiero que se meta en mi cabeza, haciéndome cuestionar lo que estoy a punto de sugerir.

—Ven a la cama —digo y la llevo a mi habitación. Cierro la puerta bruscamente con el pie, dándonos la tan necesitada privacidad que he estado anhelando con ella todo el día.

Prácticamente se derrite en mis brazos cuando la aprieto contra mí, nuestros labios chocando fervientemente. La empujo contra la puerta, mis manos inmovilizándola contra la madera, manteniendo sus manos firmemente plantadas sobre su cabeza.

—Nunca terminamos lo que empezamos —susurro en su oído, mordisqueándole el lóbulo, y ella gime ante mi contacto.

—¿Sin más interrupciones?

Desearía poder prometerlo, pero no tengo intención de que nadie nos moleste esta noche.

—Somos solo tú y yo —digo.

Sus párpados revolotean mientras me mira, jadeando, ya sin aliento. Es una imagen preciosa, con las mejillas sonrosadas y encendidas, sus labios hinchados por nuestro acalorado intercambio.

—Date la vuelta —ordeno, mis caderas haciendo que se gire hacia la puerta mientras aparto su pelo a un lado sobre su hombro. Su piel está perfectamente pecosa, cremosa y suave mientras beso un sendero por su espalda, bajando la cremallera del vestido blanco que llevó hoy.

Estaba absolutamente deslumbrante en el juzgado, convirtiéndose en mi esposa.

Y ahora pretendo reclamar su corazón, cuerpo y alma.

—¿Nikita? —susurra y mira por encima de su hombro hacia mí.

—Relájate. —Puedo sentir la tensión, y le masajeo los hombros mientras dejo que el vestido caiga a sus pies. Solo lleva unas bragas debajo del vestido, y apenas califican como útiles. He visto tangas más grandes que cubrían más.

Mi polla se endurece y palpita, tensándose contra mis pantalones. Agarro su pelo con el puño, guiando su cabeza hacia un lado, besándola, tomando con hambre lo que es mío, ella.

Sus manos presionan contra la puerta de madera, y menea su lindo y respingón trasero hacia mí.

—Quítamelas —dice.

—No —gruño. No me gusta que me digan qué hacer, incluso si quiero arrancarle las bragas y lanzarlas por la habitación—. Esperarás.

Un gemido brota de su garganta, y la giro de nuevo, con mis manos en la parte baja de su espalda, tirando de ella para que me siga mientras camino hacia atrás y me acerco a la cama.

—Siéntate —ordeno.

—No soy un perro.

Resoplo ante su comentario. No, ciertamente no lo es.

—Me gusta cuando me escuchas, *Malish* —digo y acaricio su mejilla.

Ella se inclina hacia mi tacto, y yo me acerco, mi aliento provocando el suyo. Todavía no le doy lo que tan desesperadamente desea. Pero lo haré, a su tiempo.

—Dime qué quieres que haga; soy toda tuya.

Sus palabras son perfectas, igual que cada centímetro de ella.

—Recuéstate. Quiero que te toques —ordeno.

Traga saliva y se desliza hacia atrás en el colchón. Hay un indicio de duda y nerviosismo, pero no me niega nada.

Sus dedos acarician su piel mientras aflojo mi corbata y la observo tocarse.

En segundos, tengo calor y es sofocante. Arranco mi corbata y la dejo caer al suelo. Mi chaqueta del traje es rápidamente lanzada a una silla cercana. Mi camisa blanca es demasiado restrictiva. Estoy hirviendo ante la visión de Lucy casi desnuda en mi cama.

No soy el hombre más paciente, pero quiero disfrutar la visión de ella desnuda, dándose placer, y descubrir lo que le gusta antes de ir a por todas.

Su pecho sube y baja mientras su respiración se vuelve más fuerte.

—No te contengas —advierto.

No lo hace, sus piernas se abren, dándome una amplia vista, pero aún no se ha quitado las bragas. Es una tortura. Quiero ser ese trozo de tela fina y encaje deslizándose entre sus pliegues, frotándola y haciéndola gemir.

Mi camisa me asfixia. No puedo molestarme en desabrochar cada pequeño botón. Hay demasiados ahora mismo. Abro mi camisa de un tirón, y los botones salen volando rebotando en el suelo de madera.

—Quiero que me toques —susurra Lucy—. Por favor.

Sus palabras me deshacen. Desabrocho mi cinturón y dejo que mis pantalones y bóxers caigan al suelo con un golpe seco antes de subir al colchón, abriéndome camino hacia ella. Cubro sus labios con los míos, devorándola con hambre.

Gime y envuelve sus piernas a mi alrededor, sus uñas arañando mi espalda como si no pudiera tener suficiente.

Tengo la mitad de la mente pensando en alcanzar entre nosotros y arrancarle las bragas. Pero en lugar de eso, beso un camino por su cuerpo, lenta y provocativamente, antes de llegar a sus bragas. Está húmeda e inquieta, incapaz de quedarse quieta mientras agarro la seda con mis dientes y arrastro el material por sus piernas.

—Eso ha sido ardiente —jadea Lucy, y sus dedos acarician sus rizos.

—Mío —gruño y aparto sus dedos, empujándolos contra el colchón mientras deslizo mi lengua por su humedad y provoco su clítoris. Está inquieta y nerviosa, gimiendo y moviéndose sin rumbo, esperando la liberación.

Aún no se la doy. Su botón está hinchado de tanto provocarse. Cualquier otro hombre podría estar celoso, pero yo disfruto de un buen espectáculo de vez en cuando.

—Nikita. —Su voz es áspera mientras me suplica que la deje correrse.

Continúo lamiendo y chupando su clítoris antes de que tiemble y se acerque. Me retiro, sin dejarla caer en el olvido todavía. Tendrá que esperar hasta que le ordene correrse y le dé permiso.

Lucy gime cuando libero mis labios y lengua, trepando sobre su torso. Su respiración es áspera y sale en jadeos.

—Me vas a matar.

Esboza una sonrisa astuta.

—Una forma perfecta de morir.

Ella se ríe por lo bajo y arquea su espalda, nuestros cuerpos rozándose mientras vuelvo a subir por su torso. Hay una desesperación en sus movimientos, una necesidad que me sacude hasta el núcleo y hace que mi polla palpite.

Lucy está sin aliento, con las mejillas sonrosadas, el pecho sonrojado. Lucha por mantener los ojos abiertos, y sus dedos recorren mi espalda hasta mi trasero.

—Por favor, fóllame.

Nunca esperé escuchar algo tan sucio y sexy de Lucy.

—Será un placer —susurro, cerniéndome sobre sus labios.

Le cubro la boca, guiando mi polla hacia su calidez. Ella dobla las rodillas, y su espalda se arquea sobre el colchón mientras me adentro más en ella, llenándola.

—Joder —murmura, con los ojos fuertemente cerrados.

—¿Joder bueno? —me río, mirándola desde arriba, esperando su respuesta. Mi polla palpita dentro de su calidez y estrechez. Es perfecto. Demonios, ella es perfecta.

—Dios, sí. —Sus dedos son ásperos y recorren mi trasero, agarrando mis nalgas mientras se mueve contra mí. Tomo eso como una indicación para continuar y de que no le estoy haciendo daño.

Eso es lo último que quiero hacer. Continúo nuestra danza, cada embestida llevándola más cerca del límite, sus gemidos y jadeos haciéndose más sonoros, olvidando o sin parecer importarle que no somos las únicas personas en el complejo.

Presiono mis labios sobre los suyos, silenciando sus gemidos mientras la follo y siento su estrechez temblar y estremecerse alrededor de mi polla. Está húmeda y perfecta, sus gemidos vibran cuando se estremece y alcanza el orgasmo.

Ella es mi completa perdición cuando finalmente me dejo ir, cayendo en el abismo con ella.

Lucy duerme acurrucada en mis brazos. No se mueve ni un ápice durante la noche, y agradezco más que nada que esta chica no ronque.

Yo, en cambio, tengo problemas para conciliar el sueño. Ha pasado tiempo desde que he tenido una mujer en la cama durante toda la noche. Claro, me he acostado con mi buena cantidad de mujeres, pero no me quedo a dormir. No soy un niño, y las fiestas de pijamas no son lo mío. Pero estoy casado.

Ese único pensamiento pesa mucho sobre mí. Es parte de la razón por la que no puedo dormir. La otra parte es que tengo un hijo. Bueno, técnicamente, Zion es el hijo de Lucy, pero si estamos casados, bien podría ser mío. Estoy decidido a protegerlo como si fuera de mi propia sangre.

Estoy exhausto, pero el sueño no llega. Intento no moverme demasiado, para no despertar a Lucy. Está dormida, tranquila, y después de todo el infierno que ha pasado, es agradable verla en paz, aunque solo sea mientras duerme. Los minutos se convierten en horas, y antes de darme cuenta, el sol está saliendo e iluminando la habitación. Me desenredo de ella y la dejo dormida en mi cama.

Me duele dejarla sola. Pero está más segura aquí, bajo el techo de Mikhail, mientras visito a Aleksandra y Antonio. Necesitan saber que Lucy es mi esposa y que una amenaza contra ella, o contra Zion, es una amenaza contra la bratva.

Abro el armario silenciosamente, cojo un traje limpio y llevo mi ropa y ropa interior desde la cómoda hasta el baño. Cierro la puerta con la mayor suavidad posible. ¿Tendrá Lucy el sueño ligero? No quiero despertarla.

Es tanto por mi beneficio como por el suyo. Nunca he tenido que dar el discurso de la mañana siguiente. No me quedo a dormir, y tener a Lucy en mi cama es una sensación tan extraña como cualquier otra que haya experimentado.

No me malinterpretes; me gusta que se haya quedado en mi habitación. Simplemente no estoy seguro de cómo lidiar con ello. Sí, estamos casados. Pero no es como si estuviéramos haciendo esto por amor. Ninguno de los dos es ciego a las razones por las que nos casamos.

Protegerla no significa follármela. Aunque sea mi esposa.

Gruño y enciendo la ducha. El mero pensamiento de ella desnuda está excitando mi cuerpo. Me meto bajo el chorro, dejando que el agua golpee contra mi espalda. El agua me despierta, alertando todos mis sentidos, incluido el repentino escalofrío en la habitación.

—¿Lucy?

Ella abre la puerta de la ducha.

—Hazte a un lado —ordena y se mete en la cabina conmigo. La chica me roba toda el agua, dejando que el chorro se deslice por su cuerpo de la cabeza a los pies. Su pelo está empapado, y el agua corre por sus pechos.

Me resulta imposible no estirar la mano y atraerla hacia mí. Mis labios chocan con los suyos.

—¿Te he dicho que puedes acaparar toda el agua? —Pretendo que el comentario suene como un gruñido, una amenaza, pero es juguetón, y ella arquea una ceja.

—Soy tu esposa. Lo que es tuyo es mío. —Se ha tomado muy en serio su nuevo papel—. ¿Cuándo vas a contarle a tu familia sobre mí?

—La bratva es mi familia.

—¿No tienes hermanos ni padres? —pregunta.

Sabemos muy poco el uno del otro. Eso se rectificará en los próximos días.

—No —digo, sin revelar nada más. Mis padres y mi hermana fallecieron. No hablo de ello con nadie—. Pero tú, *Malish*, querrás contárselo a tu hermana.

—Sí —dice Lucy. Se muerde nerviosamente el labio inferior.

—Se lo diremos en persona —sugiero.

Lucy exhala un profundo suspiro. —Hace años que no voy a Breckenridge.

—Bueno, supongo que es hora de volver a casa.

CAPÍTULO TRECE

LUCY

Nikita está pasando el día visitando a la mafia. No me hace ninguna gracia que vaya solo y le he suplicado que se lleve a alguno de los otros hombres como respaldo. Se ha negado. El hombre es terco, pero me ha asegurado que no le pasará nada.

No puedo desayunar de la preocupación por su regreso a casa. Me siento a la mesa del comedor con Zion mientras él come sus cereales. El niño capta muchas cosas, pero está ajeno a mis temores, probablemente sea lo mejor.

—Buenos días —dice Hannah, llevando un cuenco vacío y una jarra de leche. Bay tiene una caja de cereales azucarados y se deja caer en la mesa del comedor junto a Zion.

Le ofrezco una débil sonrisa a Hannah. Intentar no preocuparme por Nikita es imposible. Pero tampoco quiero disgustar a los niños.

—¿Un gran día? —pregunta Hannah, haciendo conversación trivial.

Exhalo un suspiro nervioso.

—Y que lo digas —murmuro.

Sonríe con demasiada alegría.

—Zion, ¿estás emocionado por empezar en un nuevo colegio hoy?

—No —murmura entre bocados de su desayuno. Mira de reojo a Bay, que está a su lado. Es una lástima que sea unos años menor y no vaya a estar con él en su nuevo colegio.

Hannah me mira con una sonrisa irónica.

—¿Te importaría cuidar de Bay esta tarde? Uno de los hombres de Mikhail la recogerá de preescolar, pero prefiero que no sean ellos quienes la cuiden. —Arruga la nariz ante la mera sugerencia—. No estoy segura de a qué hora volveremos, pero será antes de que Bay se vaya a la cama.

—Estaré encantada —respondo. Hannah ha sido de gran ayuda con Zion, ¿cómo podría negarme? Además, Nikita no me ha dicho cuándo volveré a trabajar para él en el club, o si el club podrá siquiera abrir. Mencionó que pasaría esta mañana para ver los daños después de hablar con los italianos.

—Estupendo —dice Hannah, y su sonrisa se hace aún más radiante.

—¿Tienes planes para esta tarde? —pregunto, intentando averiguar qué la tiene tan feliz, aunque tampoco quiero entrometerme si es algo privado. Todavía no nos conocemos tan bien.

—Planes sorpresa. Luka va a llevarme a un lugar especial. —Es como si intentara contener su alegría. Ya veo de dónde saca Bay su energía.

—¿Crees que va a pedirte matrimonio? —pregunto.

—¡Eso espero! —chilla.

Si no le pide que se case con él, ella lo matará.

CAPÍTULO CATORCE

NIKITA

Presentarse sin invitación en el complejo de la mafia no es un paseo. Hay dos hombres en las puertas de guardia. Uno de ellos se comunica por radio con el interior del complejo para pedir refuerzos mientras el segundo guardia me registra, poniéndose demasiado cariñoso con mis joyas familiares.

—Eso es mi polla, no mi pistola —le ladro al guardia.

Resopla por lo bajo. Ya tiene mi arma, y la ha desarmado antes de metérsela en la cintura.

Media docena de guardias salen del interior del edificio, cruzando el césped. En el centro está Antonio Moretti.

¿Tanto miedo les da un solo hombre que han tenido que llamar a la caballería como refuerzo?

—¿Qué haces aquí sin invitación? —pregunta Antonio al acercarse. Está detrás de la verja metálica, sin permitirme entrar en las instalaciones.

No necesito estar dentro de su casa para decirle lo que pienso de él, que es un capullo arrogante y que debería dejar en paz a mi familia.

—Tenemos que hablar —digo.

Me mira de arriba abajo. ¿No aprueba mi impecable traje negro? Hay desdén en sus ojos y su mirada se endurece.

—¿Qué quieres?

—Vas a dejar en paz a Lucy y a su hijo, Zion. Su familia está fuera de límites.

Se ríe por lo bajo.

—¿Qué te hace pensar que me importa un carajo la chica o el niño? —No admite los crímenes que ha cometido, ¿y por qué lo haría? Es demasiado listo para decir algo que pueda encerrarlo tras las rejas.

—Enviaste a los italianos a por ella en Chicago, y tu imbécil Otello intentó que nos mataran a los dos. Tus hombres saben que es mejor no pisar territorio de la bratva rusa.

El labio superior de Antonio se contrae. Tiene las manos cerradas en puños a los costados. Va armado, pero no ha sacado su arma contra mí.

—Otello está muerto. Supuse que tú tenías algo que ver con eso.

Me hubiera gustado ser yo quien le metiera una bala en la cabeza.

—¿Cómo murió?

¿Había ordenado Mikhail su ejecución sin consultarme?

—No conocía su lugar —dice Antonio.

Antonio lo mató. ¿Por qué? Incluso con Otello muerto, no confío en que esto haya terminado. No he visto su cadáver; podría estar engañándonos.

—Mantente alejado de mi familia —le advierto a Antonio.

—¿Eso es una amenaza?

—Lucy es mi esposa. La bratva es su dueña. Si te acercas a ella, a Zion o a cualquiera de mi familia, os quemaremos a ti y a tu patética mafia hasta los cimientos.

No se toma bien mi amenaza y se acerca más a la verja.

El guardia a su lado niega con la cabeza, susurrándole algo que no puedo oír, probablemente una advertencia para que no eleve la apuesta.

—Declararemos un alto el fuego con tu familia bajo una condición.

—¿Cuál es esa condición? —pregunto, con el estómago tenso.

No me gusta hacia dónde se dirige esto con Antonio. Sus hombres podrían meterme una bala en la cabeza. Aunque eso rompería la tregua entre la mafia y la bratva, ya estamos pisando una línea fina a punto de romperse. La guerra es inminente.

—Que me traigas la memoria USB que tu esposa debía entregar.

—Hay una memoria USB en su bolsillo, señor —dice el guardia que me registró.

—Entrégalo —exige Antonio.

Con cautela, meto la mano en el bolsillo de mi abrigo y saco la memoria USB. Es exactamente lo que Antonio pidió, excepto por un pequeño detalle que hemos omitido: vaciamos casi todo el dinero de las cuentas e instalamos un programa espía para recopilar información de sus ordenadores. En el momento en que conecten el ordenador a internet, tendremos acceso a sus datos, sus pulsaciones de teclas y cualquier contraseña guardada en su navegador web.

Dejamos una pequeña cantidad de criptomonedas en el rango de seis cifras y, con un hackeo, borramos nuestros datos de la transferencia.

El guardia a mi lado arrebata la memoria USB y se la entrega a otro guardia que está al otro lado de la verja, quien luego le da el pequeño dispositivo a Antonio.

—Más vale que esto no esté vacío.

—Está todo ahí, hasta el último céntimo —digo, mordiéndome la lengua para no mencionar que no merece nada de esto y que Mikhail fue generoso al regalarle lo que le dio para mantener la paz entre nuestras familias enfrentadas.

Sus ojos se entrecierran, pero Antonio no me responde. —Es libre de irse. Si la memoria está vacía, volverá a saber de nosotros.

—Te aseguro que hay dinero en la memoria —doy un paso atrás, y los guardias a mi lado me dejan retirarme—. Espero no volver a verte nunca.

—Lo mismo digo —replica Antonio mientras regresa por el césped hacia el complejo.

Anton me recibe en el club cuando regreso de visitar a la mafia.

—¿Qué tan malo es? —pregunto, bajando del SUV negro y encontrándome con él en el aparcamiento.

—Bastante trágico lo que hicieron, pero la buena noticia es que nadie murió.

Exhalo un suspiro profundo.

—Bien. —Habría jurado que pisé cuerpos cuando me arrastraron fuera con una bolsa en la cabeza, pero ¿quizás no fue una persona sino otra cosa?

Abre la puerta del club, guiándome al interior. El polvo se ha asentado tras el tiroteo, pero la destrucción no es sutil. Hay agujeros de bala en las paredes, en la plataforma y acribillando el techo.

El cristal cruje bajo mis zapatos negros. Mesas y sillas están volcadas. Los taburetes del bar fueron destrozados y yacen esparcidos por el suelo en desorden. Es como si un tornado hubiera atravesado el interior, arrasando el club. El exterior, sin embargo, permanece intacto.

—Tenemos mucho que limpiar —digo—. Llama a Luka, a Ivan y a Dmitri. Diles que traigan sus culos aquí para ayudar a deshacernos de toda esta porquería.

—Luka no está disponible, señor.

—¿Qué quieres decir con que no está disponible? —Anton ni siquiera ha llamado a Luka antes, asumiendo que el hombre está ocupado.

—Tiene planes con Hannah.

—¿Qué tipo de planes son más importantes que poner el club en funcionamiento de nuevo? —Sin el club, tendremos que encontrar otra vía para blanquear dinero. No tengo tiempo para idear una nueva estrategia en poco tiempo. Mikhail espera que el dinero fluya libremente desde el club.

—Luka tiene intención de proponérselo.

Debería haberlo visto venir. No ha sido ningún secreto que ha intentado pedir su mano y ha sido interrumpido.

—Bueno, más le vale que ella diga que sí. Entonces los dos pueden traer sus traseros aquí y ayudar.

EPÍLOGO. PARTE 1

Hannah

—¿Qué tenemos planeado? —pregunto. Luka no ha sido nada comunicativo sobre sus planes. Espero que me proponga matrimonio, pero me estoy preguntando si quizás no debería ser yo quien se arrodille y le sorprenda.

No estoy segura de cómo se sentiría si fuera yo quien le hiciera la pregunta. No quiero herir su ego ni hacerle sufrir entre sus amigos en casa. Esos hombres nunca le dejarían olvidarlo si fuera yo quien hiciera el gran gesto y le pidiera matrimonio.

—Es una sorpresa —dice Luka.

—Odio las sorpresas —murmuro.

Luka se ríe, poco convencido.

—Solo quieres espóileres, *Zaya*. —Esboza una sonrisa de medio lado.

Por fin he descubierto que su lindo apodo para mí, *Zaya*, significa conejita. Como si fuera su mascota.

—Quiero una pista —digo.

Aparca el coche frente a un bar.

—¿Me llevas a un bar? —pregunto. Este es el lugar menos romántico que podría haber elegido para una proposición, especialmente porque estoy embarazada. Ni siquiera puedo disfrutar de un cóctel o dos. Quizás no quiere casarse conmigo.

Luka apaga el motor y sale del coche. Se dirige hacia el lado del copiloto, pero yo ya estoy fuera del vehículo, con los brazos cruzados sobre el pecho.

—Pensé que sería divertido, una noche para nosotros dos solos.

—Todavía hay sol —digo.

—Eres muy observadora —reconoce Luka. Su mano

cae sobre la parte baja de mi espalda mientras me conduce al interior del bar.

No sé qué esperar. No hay caras conocidas. No hay fiesta sorpresa, aunque ¿eso es algo que se hace antes de un compromiso? El hombre no me ha propuesto matrimonio, y yo no he dicho que sí.

Pero lo haré.

Si alguna vez me lo pide. Claro, intentó proponérmelo. Nos interrumpieron, y aunque quiero odiar a Lucy por aparecer sin avisar y sin invitación, tengo que admitir que me cae bien.

Hay mesas de billar al otro lado del bar, y Luka me acompaña hacia una de ellas.

—¿Una partida?

—¿No vas a ofrecerme una copa? —pregunto.

—Esperaba que tú invitaras —dice Luka.

Eso es tan impropio de él, pedirme que pague nuestras bebidas. Ni siquiera sé qué decir o pensar.

—Sí, eh, claro —balbuceo—. ¿Qué quieres? —pregunto.

—Tráeme lo mismo que tú —dice Luka. Debe de no estar pensando con claridad.

—¿Quieres un Fuzzy Navel? —pregunto.

Niega con la cabeza y hace una mueca. No le suena apetecible.

—El tuyo mejor que sea sin alcohol y pídeme un Jack con Coca-Cola.

Pongo los ojos en blanco ante el hombre que amo, adoro y a veces quiero estrangular. Me dirijo con paso despreocupado hacia la barra y hago un gesto al camarero. Toma nuestros pedidos y dejo mi tarjeta de crédito.

—Deja la cuenta abierta —digo.

Necesito una noche fuera, y si no estuviera embarazada, consideraría emborracharme y dejar que me llevara a casa si no me pide matrimonio. Llevo nuestras bebidas hacia la mesa de billar que Luka está preparando. Ya ha colocado las bolas pero ha dejado el triángulo en su sitio. Luka me cambia un taco de billar por su bebida.

—Coge el triángulo y tú empiezas —dice.

Frunzo el ceño mientras retiro el triángulo y me doy cuenta de que tiene algo atado. Un trozo de hilo está atado al triángulo con un anillo de compromiso.

—¿Luka? —jadeo y me giro para ver su bebida en una mesa cercana, y él está arrodillándose.

Dios mío. ¿Por fin está sucediendo?

Se me corta la respiración. La habitación está caldeada, y juro que si me desmayo, mataré a alguien. Desato el hilo, con el diamante anidado entre mis dedos.

—¡Sí! —exclamo.

—Hannah —dice y sonríe, mirándome—. ¿Puedo al menos pedirte que te cases conmigo? Tenía todo un discurso preparado y todo. —No hay ni rastro de decepción, solo diversión detrás de su oscura mirada marrón.

—Oh, lo siento. Adelante. —Estoy demasiado entusiasmada de alegría. La sonrisa no abandona mi cara mientras él pone los ojos en blanco y se levanta.

—Te quiero a ti y a Bay en mi vida para siempre. No puedo imaginar un mundo sin vosotras dos en él. Y quiero ser tu compañero en la vida, en el crimen y dondequiera que nos lleve este camino.

—¡Sí! —No sé si ha terminado o no, pero parece que no puedo contener mi emoción. Abro los ojos de par en par—. ¿Habías terminado?

Luka se ríe.

—Sinceramente, olvidé todo mi discurso. Acabo de improvisar. Pero es verdad. Quiero pasar mi vida contigo y con Bay. Quizás algún día consigamos una casita, nos jubilemos y nos mudemos a un lugar menos peligroso.

No puedo imaginar a Luka abandonando su trabajo con Mikhail.

—¿Lo dejarías todo?

—Algún día. —señala—. No estoy listo para hacer eso todavía.

Bien, porque me caen bastante bien Madisyn y Lucy. No quiero dejarlo todo atrás.

EPÍLOGO. PARTE 2

Lucy

Seis semanas después

El vuelo de Nueva York a Montana no está mal, pero el viaje en coche después resulta tedioso con un niño de seis años ansioso e impaciente que está agotado y hambriento.

—¿Ya hemos llegado? —se queja Zion desde el asiento trasero. Se retuerce en su elevador y mira por la ventanilla lateral.

Es la primera vez que lo traigo a Breckenridge, mi hogar de la infancia. El chico está acostumbrado a rascacielos y ciudades bulliciosas. Para Zion, es como adentrarse en un país extranjero.

—Todavía no —dice Nikita. Él está conduciendo y echa un vistazo al panel digital con el navegador. Está conectado a su móvil. Sorprendentemente, seguimos teniendo una señal decente a pesar de estar en medio de la nada.

—Tengo hambre —se queja Zion.

—Tengo algo que puedes picar —digo mientras saco una barrita de cereales de mi bolso. La desenvuelvo y se la paso.

Zion no es un comensal particularmente pulcro. La barrita se desmiga en pedazos sobre el suelo.

—Ups —dice con los ojos muy abiertos y brillantes.

—No pasa nada, campeón. —Nikita mira a Zion por el retrovisor—. ¿Para eso están los coches de alquiler, no?

—¿Le estás enseñando que está bien destrozar las propiedades ajenas? —bromeo a medias mientras lanzo una larga mirada de reojo a Nikita.

—Son unas pocas migas. No creo que técnicamente

esté destruyendo nada cuando una aspiradora puede recogerlo.

Nos desviamos de la carretera principal hacia el puerto de montaña que hay más adelante. Me duele el estómago y me tiemblan las manos. Me las froto contra los vaqueros. El hotel en el que nos íbamos a alojar está cerrado por reformas, así que nos quedamos con Declan y Katie. Declan prometió conseguir un colchón hinchable extra e insistió en que tiene espacio para nosotros.

Es difícil no sentirse como una molestia, pero esta noticia quiero compartirla en persona con mi hermana.

El GPS se estropea a mitad del puerto de montaña, y le doy indicaciones a Nikita. Por suerte, el tiempo es bueno y no hay signos de mal tiempo para los próximos días que estaremos en el pueblo.

Hace demasiado calor para esquiar o hacer *snowboard*, pero estoy segura de que hay algunas actividades divertidas al aire libre que podemos hacer juntos como familia.

Familia.

Todavía me lleva un momento acostumbrarme a esa palabra, darme cuenta de que estoy casada. Y para ser sincera, me gusta.

Solo llevamos casados poco tiempo, pero Nikita no puede quitarme las manos de encima, y yo me siento igual. Quiero arrastrarlo a la cama o a cualquier variedad de lugares divertidos en cada oportunidad que tengo, pero tener un hijo no lo hace precisamente fácil, y tampoco vivir bajo el techo de otra persona.

Pero estamos a salvo, y eso es lo que importa.

La mafia no ha vuelto. No han amenazado a Zion ni a mí. Nikita insiste en que nos protegerá, y nuestro matrimonio es solo el comienzo de ese vínculo.

Llegamos a la cabaña de troncos. Parece que no hay otra casa en kilómetros. En cuanto salimos del coche, la puerta principal de la cabaña se abre de golpe y Katie sale corriendo.

—¡Ya estáis aquí! —chilla Katie.

Zion se desabrocha el cinturón y sale de su elevador mientras yo abro la puerta trasera. Salta a la grava del camino.

Había una nube de polvo en el aire que siguió a nuestro vehículo por el camino de entrada.

—Este sitio es bastante remoto —digo. Olvidé lo que era vivir aquí. Ha pasado mucho tiempo desde que volví.

—Vamos dentro —dice Katie, guiándonos hacia la casa.

Declan baja los escalones del porche.

—¿Puedo ayudar con las maletas? —ofrece, examinando a Nikita de arriba abajo.

Declan lleva unos vaqueros azules desgastados y una camisa de franela. Tiene un bronceado decente por pasar demasiadas horas al sol, probablemente por trabajo.

Nikita va vestido con su traje negro y camisa blanca, demasiado elegante, pero no me hizo caso cuando le dije que se cambiara por algo más práctico.

—Espero que hayas traído ropa más cómoda —bromea Declan.

—Estoy cómodo —dice Nikita sin sonreír.

—¡Chicos! —los llamo por encima de mi hombro, echándoles un vistazo. Su intercambio no es para nada tranquilo o agradable, aunque supongo que podría ser peor. Es como si se estuvieran midiendo el uno al otro, pero ¿por qué? ¿Piensa Nikita que Declan no es lo suficientemente bueno para mi hermana? ¿O está preocupado de que vaya a poner nuestras vidas en peligro?

Declan demostró ser honorable cuando protegió a Zion y Katie. Claro, me aterrorizó cuando me lanzó a su vehículo, pero entiendo sus motivaciones. Le he perdonado, en su mayoría.

Nikita abre el maletero, y ambos cogen una pieza de equipaje y la llevan hasta la casa.

—¿Habéis hecho las maletas para una semana? —bromea Declan mientras carga la maleta con la ropa de Zion y la mía.

—Eso parece —digo—. Solo nos quedaremos unos días. Después, tenemos que volver a la ciudad.

—Es una pena —dice Katie—. Me encantaría enseñaros el pueblo, daros una vuelta, dejaros ver cuánto ha cambiado todo.

Nikita se aclara la garganta.

—¿Y no puedes hacer eso en un día?

No me parece un tipo al que le gusten los pueblos pequeños. Quizás sea porque aún lleva sus relucientes zapatos negros y su abrigo de traje abotonado.

—Sabes, puedes relajarte mientras estamos aquí —le digo a Nikita—. Algunos lo considerarían unas vacaciones.

Nunca nos fuimos de luna de miel, y aunque no llamaría a este lugar una escapada romántica, está fuera de la ciudad. Muy fuera.

—Sabrás cuando te lleve de vacaciones —dice Nikita. Me clava su mirada—. No habrá ninguna duda sobre cómo será eso.

Tengo la boca seca, y puedo sentir cómo Katie y Declan intercambian miradas. Probablemente se estén preguntando qué nos trae al pueblo. No detallé por teléfono que traía buenas noticias.

—Katie, Declan —digo, captando la atención de ambos—. ¡Nos hemos casado! —Sonrío y muestro mi alianza a mi hermana para que la vea, demostrándole que esto no es una broma práctica. Es real. Estamos casados.

—¡Vaya! —La boca de Katie se queda boquiabierta. Sus ojos están muy abiertos, y se acerca hacia mí, con los brazos abiertos para abrazarme de nuevo—. Déjame ver esa preciosidad.

Le enseño mi mano izquierda, dejando que observe bien y durante un buen rato la alianza de boda que adorna mi dedo.

—Enhorabuena —dice Declan. Tiende su mano a Nikita, ofreciéndole sus sinceras felicitaciones.

—Gracias —dice Nikita.

—Nosotros también tenemos noticias —sonríe Katie. Gira un mechón de su pelo. Aparto su mano de su pelo. Es un hábito nervioso del que nunca ha podido deshacerse—. ¡Estamos embarazados! —anuncia Katie.

—Felicidades —digo y la atraigo para otro abrazo. Estoy emocionada por ella. Siempre ha sido tan buena con mi hijo. No tengo ninguna duda de que será una madre fantástica—. ¿De cuánto estás? —pregunto.

—Casi tres meses —dice Katie y pone una mano sobre su abdomen—. Hemos estado esperando para decírselo a la gente, pero queríamos que nuestras familias fueran las primeras en saberlo.

Gracias por leer Jefe Posesivo. Espero que hayáis disfrutado de la historia de Lucy y Nikita. Continuad la aventura con Anton y Savannah en *Jefe Obsesivo*.

Hemos remodelado el Club Sage y estoy a punto de reducir el lugar a cenizas.

Cuando Savannah viene buscando trabajo, la contrato al instante. Estamos desesperados por bailarinas y ella es impresionante. ¿Cómo no iba a ser perfecta para el trabajo?

«No mezcles negocios y placer». Debería haber escuchado el consejo de mi mentor y jefe, Nikita Krylova.

He dejado entrar a una agente federal en el lugar de trabajo. Savannah tiene acceso a los libros y al dinero que blanqueamos. Estoy jodido si mi jefe Nikita o el líder de la bratva, Mikhail, descubren mi pequeña indiscreción. Pero seguramente lo descubrirán ya que la otra mitad de Mikhail, Madisyn, es ex-FBI. Trabajó con Savannah Blakely.

¿Confieso y acepto que soy hombre muerto o entierro la verdad y algunos cuerpos antes de que alguien se entere?

REGALOS, LIBROS GRATIS Y MÁS REGALOS

Espero que hayas disfrutado de Jefe Posesivo y que te haya encantado la historia de Lucy y Nikita.

Apúntate a mi boletín de Willow Fox

Si has disfrutado de Jefe Posesivo, tómate un momento para dejar una reseña. Las reseñas ayudan a otros lectores a descubrir mis libros.

¿No estás seguro de qué escribir? No pasa nada. No tiene que ser largo. Puedes compartir cómo descubriste mi libro; ¿fue una recomendación de un amigo o de un club de lectura? Deja que los lectores sepan quién es tu personaje favorito o qué te gustaría que pasara después.

Gracias por leer. Espero que consideres la posibilidad de unirte a mi lista de correo para recibir libros gratuitos, promociones, regalos y noticias sobre nuevos lanzamientos.

SOBRE LA AUTORA

A Willow Fox le gusta escribir desde que estaba en el instituto (hace muchos años). Sus romances de pueblo reflejan la vida en un pequeño pueblo de la América rural.

Ya sea escribiendo romances o sentada junto a la hoguera leyendo un buen libro, Willow ama la magia de la palabra escrita.

Sueña con que la barran con sus pies y espera hacer eso con sus lectores.

Visita su página web en:

https://authorwillowfox.com

TAMBIÉN DE WILLOW FOX

Serie Táctica Águila

Expuesto: Jaxson

Sigilo: Mason

Oculto: Lincoln

Encubierto: Jayden

Matrimonios de la Mafia

Voto Silencioso

Voto Cautivo

Voto Salvaje

Voto Involuntario

Voto Despiadado

Los Hermanos Bratva

Jefe Brutal

Jefe Perverso

Jefe Posesivo

Otros títulos de libros románticos disponibles en inglés, francés, alemán e italiano en shopwillow fox.com.

www.ingramcontent.com/pod-product-compliance
Lightning Source LLC
LaVergne TN
LVHW100515110826
845146LV00002B/648

* 9 7 9 8 8 8 6 3 7 3 2 2 6 *